は一途に恋をする

野原　滋

幻冬舎ルチル文庫

CONTENTS ✦目次✦

狂犬は一途に恋をする

✦カバーデザイン＝久保宏夏(omochi design)
✦ブックデザイン＝まるか工房

イラスト・三池ろむこ✦

狂犬は一途に恋をする

「おいおいおいおいおいネエちゃんよお、どうしてくれんだよ、濡《ぬ》れちまったじゃねえか。あーあ」

聞こえよがしに響き渡った大声に、通行人が足を止めた。

そして振り返った彼らは声の主を認めると、まるで何も見なかったぞとでもいうように、そのまま通り過ぎていく。

声の主は自分の着ているシャツを摘《つま》み、もう一度「あーあ」と、大袈裟に溜息《ためいき》を吐いてみせた。

シャツの前身頃が濡れている。素肌にそのまま羽織ったシャツは、ベッタリと肌に張り付き、乳首が透けて見えていた。スカーフのような生地には、極彩色の鯉《こい》が描かれている。前身頃に二匹、背中では一匹の大きな錦鯉が滝登りをしていたが、この場合、この人鯉が異常に好きなんだな、とは誰も思わないだろう。

その鯉の一匹が、泥水にはまったように、茶色く染まっていた。すれ違いざま、前を見もしないで笑いながら歩いてきたカップルにぶつかられ、持っていたコーヒー牛乳を被ってしまったのだ。

何故歩きながらコーヒー牛乳？　しかも瓶で？

とは誰も聞いてこないだろうが、聞かれたならはっきりと答えてやろう。

好きなんだよこれが文句あるか、ああ？　パックにストロー刺してチュウチュウ吸うなんざ格好悪くてできねえだろうが、ああ？

大きく開かれた襟元にはゴールドのチェーンネックレス。腕に巻かれた時計もこれ見よがしのロレックスだ。見上げるような長身に載った顔は、普通にしていれば端整だと言われるが、眉間に力を入れ、わざわざ太い眉が一本に繋《つな》がるようにし、目を三角にしてみせる。今日はリーゼント風に盛っている髪を掻《か》き上げる指には、凶器のようなごつい指輪が嵌《はま》っていて、これもお約束通りのゴールドだ。

誰がどう見ても間違いようのない、分かりやすいファッションでキメている兄ちゃんは、まったくその出で立ちを裏切ることのないキャラクターで、ぶつかってきた女を睨《にら》み「あぁ？」と凄《すご》んでみせた。

「アニキ！　大丈夫っすか」

と、慌てて駆け寄るもうひとり。こちらも分かりやすく二人の関係性を説明するように「アニキ」「アニキ」を連呼している。

もちろんこの二人を本当の兄弟だと思う人はいないだろう。たぶん「弟」の上にもうひとつ「舎」という文字を付けた間柄だということを匂わせている。

「す、すみません」

謝る女性を庇《かば》うようにして、カップルの片割れが彼女の肩を抱き、黙ってその場から立ち去ろうとした。

「おいおいおいおい！　そのまま行く気かよ。そりゃねえよな、おっさんよぉ。どうしてくれんだよ。染みになっちまったじゃねえか」

アニキの声と同時に弟が素早く二人の前に回り込み、男の肩を軽く突いた。

「ひゃ、ひゃめてください」

ど突かれた男性が情けない声を出し後退《ずさ》りする。その拍子に女性の肩を抱いていた手も外れ、そこまでは強く押してねえだろと引き留めたくなるほどの距離をとったのだった。

あまりに遠くへとはじけ飛んでしまった恋人を、驚愕《きょうがく》の表情で見送る女性。

「……花岡《はなおか》さん？」

助けを求めるというよりは、あなた何故そんなところまで飛んでいってしまったの？　と疑問を投げ掛けるような女性の声に、名前を呼ばれた花岡は、やはり遥《はる》か遠くから「だ、大丈夫か、タミちゃん。君たち、や、やめなさいよ」と、蚊の鳴くような声で囁《ささや》いたのだった。

遠巻きにしながら人が通り過ぎていく。

ビルが乱立するオフィス街の真ん中で、いかにもその場にそぐわないチンピラが、善良なカップルに因縁を付けていた。

時は夕刻。仕事を終えて、さてこれから一杯引っかけようかとゆったりと歩いていたサラリーマンたちは、その光景を見るなり、まるで会議に遅刻しそうだとでもいうように歩を早め、誰も足を止めようとはしなかった。

あーあ。誰も助けてやろうと思わないのかよ。タミちゃんが怖がっているじゃねえか。可哀想だと思わないのかあんたらは。

都会って冷たいな、なんて心の中で嘆息しながら、鯉の滝登りを背中に載せたアニキはますます凄んでみせるのだった。

「で、どうつけてくれんの？　この落とし前」

ひとり取り残された『タミちゃん』に被さるようにして声を出す。「ひ」と喉を詰め、身体を縮める耳元に、笑いながら尚も覆い被さる。

「ああ、そうか。新手のナンパか？　服汚しちゃってごめんなさい。すぐに洗いますから、一緒にホテルに行きましょう、ってか」

怖がるタミちゃんをいたぶるように、にやにやしながらアニキが言うと、「お、いいっすねえ」と、弟も話に乗ってきた。

「よし。話は決まった。じゃあ行こうか」

丸まっている女性の腕を摑《つか》み、引きずるようにして歩き出す。

「や、ひ」

と、悲鳴に近い声を上げながら身を固くして、タミちゃんがもう一度花岡を振り返った。

遥か遠くに飛んでいった花岡の位置は、また少し遠ざかっていた。

「向こうもどうぞどうぞって感じだな」

「そんなあ……花岡さんっ」

女性の声に、はっと顔を上げた花岡は一歩前に出て、「いいよなあ！　タミちゃん借りても」のチンピラの声に三歩下がった。

悪党どもにさらわれる姫。

安いドラマのような光景で、こういうときには颯爽《さっそう》と王子様が現れるのがお約束というものだ。

果たして、

「き、きききききききききみたちっ！」

と、お世辞にも颯爽とは言い難い声が掛かり、チンピラ達の行く手を阻むように両腕を広げたサラリーマンが立ちはだかった。

「や、やめたまへょっ！」

さっきの花岡に負けないぐらいの情けない声を出し、突っ張った足は生まれたての仔馬のようにガクガクと震えている。

おお、意外と根性あるじゃねえか、とチンピラは嬉しくなり、「あぁああ?」と、サラリーマンに向かって最大級の恫喝《どうかつ》をした。

アニキはタミちゃんの腕を摑んでいたので、代わりに弟が生まれたてのサラリーマンに近づいた。ブルブルガクガクとしながらも、サラリーマンは一歩も引かず、あとちょっとで弟とキスする距離まで接近している。

「た、多美子《たみこ》さん、大丈夫ですか。君、その手を離しなさい！」

脅されながらもそう言ってのける根性はあっぱれだ。

「そうはいかねえんだよ。見ろよ。服汚されちまったんだよ。すぐに洗ってもらわねえと染みになるだろ、ああ？」

脅しと共に、丁寧な説明をするチンピラアニキに、サラリーマンも声を振り絞って反論してきた。

「こ、こんなところで、そんなもの、歩きながら、の、の、飲んでいるのも、ど、どうかと思いますけどっ。し、しかも、瓶で、って、あなた、ひ、非常識！　でしょうが」

誰もが思っていて口にできなかった感想を、代表して述べてくれた勇気に、周りから「おお」と感嘆の声が上がった。

「と、とにかく、手を、こ、怖がっています」

「関係ねえだろが！」

声を荒げながら、持っていた牛乳瓶を投げ捨てようとして、そっと道の脇に置いた。ガラス瓶だ。叩《たた》き付けて割れたら危ないし掃除も大変だ。変なところで地球にやさしいチンピラだった。

「汚した服は、く、クリーニング代を払う、ということで」

「んなもんいらねえよ！　今すぐ何とかしてくれって言ってんだよ」

「そ、それでは、そこの店で取りあえず代わりの服を探してですね」

へなちょこサラリーマンがいうところの「そこの店」とは百円ショップだった。

「てめえ、俺にあそこで買った服着ろってか、あああ？　これいくらしたと思ってんだよ、お気に入りなんだよ、どうしてくれんだよ！」

「で、ですから取りあえずと言ってるでしょう、がっ」

意味のない押し問答が続き、一向に埒《らち》が明かないことにアニキは本気で苛立《いらだ》ってきた。このまま騒いで警察でも呼ばれたら面倒だ。

仕方がないのでアニキのほうからアクションを起こすことにした。女性を摑んでいないほうの手でサラリーマンの胸ぐらを摑み、捻《ひね》り上げる。長身の男に引き上げられ、サラリーマンの足が浮いた。それでも「多美子さんを離せ」と必死に言ってくる。

本当になかなかの根性だ。

アニキは口を曲げフッと笑い、女性を摑んでいたほうの手を離した。すかさず両腕で男の肩を摑み、大きな動作で膝を上げた。

「うっ」

身体をくの字に折ったサラリーマンの、腹の真ん中に膝が突き刺さる。崩れ落ちそうな身体を持ち上げ、もう一度蹴りを喰《く》らわそうとしたら、いきなり持っていた鞄で殴られた。

「アニキ！」

サラリーマンが肩を摑まれたまま、闇雲に鞄を振り回してきた。ひとつひとつの打撃は大したことはないが、近過ぎる攻撃は防ぎようもなく、避けようと仰け反った顎に喰らってしまう。

思わず摑んでいた手を離し、一旦距離をとると、そこへ飛び込んできた弟の顔面に、大きく振った鞄の角が命中した。

「おぶぅっぐ」

妙な呻《うめ》き声を上げながら弟が沈んだ。

まずい、と思った瞬間、興奮でワケが分からなくなった様子のサラリーマンが鞄で弟を滅多打ちにし始めた。面打ちならまだいい。あれは派手な音の割に衝撃が少ないが、角は駄目だ。角は痛い。

アニキの心配をよそに、サラリーマンは面も角もお構いなしに振り下ろしてきた。

「おい、おいっ」

もの凄い勢いで鞄を打ち下ろしている腕を後ろから摑むと、今度は鞄を振り回しながらこっちへ向かってきた。大きく揺れる鞄に、まるでサラリーマンのほうが振り回されているような状態だ。

距離をとって対応すれば、素人の振り回しなどかわすのは簡単だが、ここは少し派手にやったほうが観ているほうも喜ぶのでは、と変なサービス精神が働いて、腕で防御しながら、たまに「うっ」なんて痛がってみたりする。

ギャラリーも増えてきた。

拉致されそうだった女性、多美子は両手を胸の前で結び、喧嘩《けんか》の行く末を見守っている。私のために争わないでと歌っているようなうっとりとした表情で。

花岡は、というと、人混みに紛れ、すでに野次馬と化していた。乱闘の隙を突いて多美子に近づいてきたら、また恫喝してやろうと思っていたが、本人にその気はないらしく、ただただ人の後ろで事の成り行きを見守っていた。

あまりやられっぱなしなのも癪《しゃく》に障るから、ときどき飛んできた鞄をいなしてサラリーマンに押し返す。自分で振り回した鞄に当たったのか、どういうわけか、サラリーマンのほうが鼻血を流していた。

忙しく攻撃をかわしながら周りの状況を判断する。一発で沈んでしまった弟分は、顔を押さえながらも立ち上がっていた。目で合図を送ると、弟は小さく頷《うなず》き、逃げの態勢をとった。

ここらで潮時か。

飛んできた鞄をかわしながら摑み、強い力で横に振ると、鞄ごとサラリーマンが吹っ飛ばされ、アスファルトに尻餅をついた。

不覚にも何発かかすってしまった顎の辺りを押さえ、憎々しげにサラリーマンを一瞥《いちべつ》し、ぺっ、と唾を吐く。……振りをする。

無様に尻餅をついたサラリーマンは喘《あえ》ぎながら、尚もこちらへ向かってこようと強い視線を送ってきた。その視線に気圧されたようにして、「くそ」と悪態を吐き、ギャラリーのあいだを縫うように歩を進めた。

「おらっ、どけや！」

サーっと左右に分かれた花道を真っ直ぐに行きながら、周りにガンを飛ばすのも忘れない。無様ながらも勇敢に戦ったサラリーマンが、見事悪党共を撃退した、勧善懲悪の図だ。

「畜生！　覚えてろよっ！」

お約束のセリフも忘れない。

「吉井《よしい》さん！」

肩を怒らせ、去っていく後ろで声が聞こえ、尻餅をついたままのサラリーマンに駆け寄っていく多美子の姿を目の端に捉えた。


それではよろしくと受話器を置き、走り書きしたメモを自分の手帳に清書する。

ペンを持っている指に、ゴツイ指輪は嵌っていない。左腕に巻かれた時計も、シンプルだが洗練された機械時計だ。長めのトップに耳周りだけを刈上げてあるツーブロックは、今は仕事用にスッキリと後ろに流されたビジネススタイルに保たれていた。

きっちりとスーツを着こなし、自分のデスクで仕事をしている浅海和明《あさみかずあき》を、つい先日、背中に鯉の滝登りを載せて凄んでいたチンピラだとは、よもや誰も思わないだろう。

綺麗にスケジュールの埋まっている手帳を眺めながら、知らず顔に手をやっていることに気が付き、苦笑する。顎を触るのがここ数日の癖になってしまっていた。

昨日までは触る度に内出血の痛みがあったものだが、今日はそれもない。傷は完全に治ったものと思われ、ただ、痛みを確認していた癖だけが残っているようだ。

「浅海さん」

名前を呼ばれ、座ったままの浅海が目を上げると、部下の佐々木《ささき》が立っていた。こちらはまだ右頬に大きな絆創膏《ばんそうこう》が貼ってある。走り込んできたところへ鞄の角がカウンターで入ってしまった顔面は、陥没骨折こそはしなかったものの、かなりの衝撃があったらしく、派手な青たんを作っていた。一週間経った今でも、絆創膏からはみ出した皮膚は、青から黄色へと変色していて痛々しい。

「吉井様から電話が入り、午前中に振り込みを完了されたとのことです」

渡された決済書を確認し、「分かった。ご苦労さん」と佐々木に労いの声を掛けた。

「浅海室長にくれぐれもよろしく伝えてほしいと」

派手な顔色の佐々木が、満面の笑みを湛《たた》えてそう言った。

「それで、金額なんですが、そのままでいいのかと気にされていまして。こういった場合を含めての料金ですからとご説明差し上げたのですが」

打ち合わせの数倍の大立ち回りとなってしまい、佐々木が怪我を負ってしまった。そのことで追加料金は発生しないのかという問い合わせだったようだ。

「客は素人の一般人なんだから、そういったアクシデントも想定済みだ。そのことは契約前にきちんと説明したんだがな」

綿密なシナリオを立て、本人を含め何度も稽古を繰り返した。それでも本番となれば舞い上がってしまうのは素人なら致し方のないことだ。それを上手くフォローし、最終的にシナリオ通りに持っていくのがプロというものだ。

怪我をしてしまったのはむしろこちら側の落ち度といえる。依頼者に少しでも不安を抱かせてしまったことは、今回の反省点だ。佐々木もその辺は十分に分かっているとみえて、申し訳なさそうにしている。

「まあ、今回の仕事は少し特殊だったからな。却って臨場感が出たとも言えるし。あの場合、俺でもああなっただろうよ」

反省している様子の佐々木をさり気なく労う。

「いえ。浅海さんなら上手くいなしたでしょう。俺も慌ててしまって。あ、吉井様のほうは大変ご満足されたようでした」

それならいい。

佐々木の報告を聞き、取りあえず今回の依頼も滞りなく遂行できたと胸を撫《な》で下ろした。

パワーリソース二見《ふたみ》。

浅海の勤めるこの会社は、人材派遣業務を主としている。もともとはイベント企画業から派生した業務で、歴史もそれほど古くなく、業界では中堅に届くかどうか、といった位置ではあるが、人材の豊富さとその優秀さでここ数年、急成長を遂げている。

登録されているスタッフの数も、大手とは比較しようもないくらいに小規模ではあるが、人材の研修、育成に力を入れ、提携会社からの信頼は厚い。派遣業種は事務、ＩＴ関連業務の他、イベント、営業、販売スタッフなど、サービス業関連の専門職も強い。

浅海和明が室長を務めるここ「特別企画室」はその中でも更に、ある特殊陣営が揃《そろ》った部署だった。

「それにしても……本当に、迫真の演技で」

記憶を辿《たど》るようにして宙を見つめ、佐々木が目を細めている。あのときの高揚感を思い出しているのかもしれない。佐々木にとってもああいった経験は初めてのことだったろう。

アニキ、アニキと連呼していた佐々木は、小物のチンピラそのものだった。映画ならまっさきに殺されている役柄だろう。後ろ向きのままで。画面に顔を映すこともなく。

仕事の一環なのだから、楽しかった、とは口にはできないが、佐々木の目はそれを語るように輝いていた。

「吉井様も浅海さんに睨まれたときは、本当に殺されるかと思ったとおっしゃっていました」

悪戯っぽく佐々木に言われ、「まさか」と苦笑してみせる。

絶対に怪我を負わせないという自信はあった。鳩尾《みぞおち》に喰らわせた一発は、本人と一緒に何度も稽古してきた「型」だったし、膝が食い込む直前に大仰に体をくの字に曲げさせ、浅海自身、寸止めをしている。振り回した鞄が吉井本人の顔に当たって鼻血を出したのには少々戸惑ったが、それだってこれ以上当たらないようにと、浅海が鞄をいなして軌道を変えてやったのだ。

とにかく任務は無事完了した。依頼者も満足したという報告も得られた。

この部署に配属されて五年、室長となってから更に三年。一度もクレームをもらっていない。評判が評判を呼び、依頼は増える一方だった。

「それから、羽鳥《はとり》様から今年もまた届きました」

嬉しそうな佐々木の報告に「ああ、岡山《おかやま》の」と顔を上げ、浅海も目を細めた。

「羽鳥様」とは、浅海がこの業務に就いてから長年付き合いのあるお得意様だった。年に数回、浅海自らが岡山に赴き、羽鳥家の依頼を遂行している。そしてそのお礼といっては毎年この夏の季節に、岡山名産である『高級白桃』を送ってくるのだ。

たったひとつでも数千円するこの果物は、送られてくるたびに部署内で有り難く頂いている。ふんわりとした白色と上品な芳香、ジューシーで甘い桃は、浅海の好物でもある。

「じゃあ、打ち合わせが終わったら、事務の子に剝《む》いてもらおうかな」

好物のおやつを楽しみに、再び業務に戻ろうと、デスクの引き出しを開けた。今日も新しい依頼者との面接がひとつ入っている。

浅海は佐々木に報告書作成の指示を出し、自ら行う依頼者との面談に向けて、新しい資料を取り出した。


何でもいいからとにかくゴージャスに。

依頼者の要望をメモに取りながら、浅海は目の前に座る男を観察していた。落ち着きがない。

用意された応接室は、広くはないがそれなりに居心地好く作られている。プライバシーを守りつつ、依頼者が安心して何でも相談でき、快適な空間を演出するようにと計算された家具の色と配置だ。

適度な弾力をもった顧客用のソファに浅く腰掛けている身体は、何かあったらすぐにでも逃げ出せるようにと身構えているようだ。

ここに敵は誰もいないぞと、依頼者の気持ちを和らげようと細心の注意を払い対応をしているのだが、目の前の男はキョドキョドと周りに視線を巡らせ、一向に落ち着く様子を見せない。

「ゴージャスに、ですね」

要望には決して否定的な意見は述べないのが信条だ。依頼者がそう望むなら、こちらは万全の態勢でその望みを叶《かな》えるべく努力は惜しまない。

今回の依頼はシンプルなものだった。近く開催される同窓会に出席するための、パートナーを見繕ってくれというものだ。この手の依頼は結構多い。

結婚式に呼ぶ客の数の都合が付かないから何人か貸してほしい。新しい事業のレセプションのためのサクラを用意してくれ。老い先短い親が安心するように、恋人を紹介したい。

様々な立場の客の様々な要望を、浅海たちは叶えてきた。

先日のように、恋人を奪われ、おまけに仕事の上でも虐げられたせめてもの復讐がしたい、という依頼は、特殊ではあったが、まるっきり初めてというわけでもない。

そういう特別な場面での人材をレンタルするという、少しばかり変わった人材派遣業務の責任者を、浅海は任されていた。

今日の依頼は、その中でも比較的簡単で、使う人数も少なくて済む。

創立何周年記念だかの大々的な同窓会は、家族同伴が許されているのだという。そこに連れていくパートナーがほしいわけだ。

昔のクラスメートたちに、今の自分が幸福なのだと見せつけて、自慢したい。現状よりも、もう一ランク上の自分を演出したい。誰もが多少は抱いているささやかな見栄というものを、浅海も理解している。

今現在、れっきとした恋人、女房がいるくせに、対外面用《たいそとづらよう》に、見場《みば》がいいのを見繕ってくれと、ここにやってくる客もいるぐらいだ。その気持ちも分からないでもない。

だが。

登録された顧客情報にもう一度目を落とす。

市原浩《いちはらひろ》。歳は二十四。ＩＴ関連の会社を経営と書いてあるが、どう見ても経営者とは思えない風貌をしている。もっとも経営者といっても、コンピューターシステムのソフトウェア開発の個人事業というから、人を雇ってはいないらしい。業績はいいようで、顧客情報に記された年収は、来年三十歳になる浅海の年収の遥か上の数字だった。

仕事の依頼だからと気負ったのか、スーツを着ているが、それも量販店で揃えた吊《つる》しのものだというのが丸分りの、いわゆるリクルートスーツだった。学生だと言われたほうが納得いきそうな、あっぱれな着こなしだ。細い身体はスーツに逆に着られている。

小さな顔のほとんどの面積を占めている眼鏡も野暮ったく、染められていない真っ黒な髪は艶々としてはいるが、もっさりと頭に載っていて、いっそこんなに肌が白いのだから明るい色にしたらどうかとお節介にも言いたくなる。

たぶん実際はもっと大きいのだろう瞳も、度の強いレンズにより縮小されているらしいのがいかにも残念だ。その目が忙しなく動いている様子が小動物を連想させた。

「そう。とにかく、綺麗で派手な感じのでお願いします」

聞こえる声も細く幼い。

「一緒に歩いていて人が振り返るような凄いのを用意してください」

用意はできるが。

その隣におまえが立ったら、周りはまた別な意味で振り返るぞ。

とは決して言わないが。

「承知いたしました。派手、というより可愛らしい感じというのもご提供できますが」

決して否定はせず、だが別のやり方もあるのだぞということを暗に提案してみる。依頼通りに事を進めるのは簡単だ。だが、顧客にはそれ以上の満足感を提供したい。

客の好みに応えるために、様々なタイプの女優を用意している。それこそ派手なのから清楚なのから妖艶なのから、選びたい放題だ。

客が女性の場合も同じだった。男優も豊富な品数を取り揃えているのが自慢だ。

その中の筆頭が浅海本人なのだが。

百八十センチを超える身長は、立っているだけで人目を引くし、ジムで鍛え上げた身体は、脱いでみせなくても凄いんですというのがはっきりと分かる。

もともと端整な作りの顔は、社長にスカウトされ、磨かれ、人に見られるために訓練され、今では理知的からワイルドからやさぐれやくざまで、あらゆる雰囲気を演出できると自負している。

振られた恋人を見返してやりたいからと、浅海を連れて、颯爽と元恋人の前に現れる。大概の場合、顧客の望みは叶うのだが、どういう訳か、アフターサービスはないのかという問い合わせが殺到し、その対応に苦慮することも多いのが悩みの種でもある。

「如何《いかが》でしょうか。これ、とひとつに絞らないで、いろいろと選択されてみては」

今日は営業という顔で、相手を煽《おだ》てながら商談を進めようと、穏やかに話しているのだが。

「いいんです。とにかく目を引くようなゴージャスで」

「そうですね。しかしながら……」

珍しく顧客に対して反論してしまう。それほど目の前の男とゴージャスとが結びつかないのだ。ゴージャスな彼女をパートナーとするには、少しばかり本人が貧相過ぎる。

依頼者の希望を叶えるのも大切な役割だ。だが、それに見合ったパートナーとなれば、やはり釣り合いというものを考えなければならない。

大輪の薔薇はそれ一本でも十分鑑賞に堪えるが、それを引き立てるラッピングがあればこそ、もっと輝けるのだ。新聞紙で包んでしまっては台無しだろう。

とは決して言わないが。

しかしながら、このままでは残念過ぎる。そんな心情が浅海に否定的な言葉を言わせてしまった。

「……なに？　俺にはそぐわないってことですか」

果たして、目の前に座る市原浩が、落ち着きのないままの瞳を浅海に向けてきた。

「いえいえ。決してそのようなことは」

笑顔でいなそうとしたが、市原は引き下がらなかった。

「俺が貧相だって言いたいわけですね」

「そうではありません」

「俺では釣り合いが取れないだろう、残念過ぎるぞおまえ、とか思ったでしょう」

この男……。

「ゴージャスとか笑っちゃうねっていうことですか」

人の心が読めるのか？

「大輪の薔薇とか、なに言っちゃってんの？　って感じですか？」

驚いた。本当に読めるらしい。

「おまえペンペン草のくせに、とか思ったくせに」

いやそこまでは。

「思っていません」

「新聞紙で薔薇包むなよ、新聞紙なら新聞紙らしく焼き芋でも包んでろ、てか」

思ってない、思ってない。そこまでは思っていないぞと、慌てて首を振る。

「大根は所詮刺身のツマなんだよ、どんなに頑張っても刺身が主役なんだよ、諦めて萎《しな》びてろってことですか」

相当な被害妄想振りだった。唖然《あぜん》としたまま、そのよく動く口を眺めていた。市原浩の自分卑下の旅は延々と続く。

「百メートル二十秒で走っといてオリンピック出るつもりかおまえ」

「それは……いかにも無謀かと」

「みにくいアヒルの子は白鳥になるっておまえペンギンだろ空飛べないくせに」

「市原様……」

「そんなんだから、自分で恋人も見つけられないでこんな所に来るんだよ、とか」

「こんな所って……市原様」

そんな会社に勤めているのは浅海本人なのだが。

「でも俺みたいなのがこうして来るからあなた方の商売が成り立っているともいえますよね。ここはひとつ、客の要望を叶える努力をすべきじゃないですか」

「……ごもっともでございます」

自分卑下の旅が一周し、自己解決したところで話が商談に戻ってきた。

浅海はようやく立ち上がり、壁に並んでいる冊子の何冊かを手に取り、浩の前にあるテーブルに置いてみせた。

「それでは市原様、この中から選んでみますか。ほんの一例ですが、お気に召した女優を何人でもお選びください」

A四版の冊子を三冊テーブルの上に置く。十人ずつ紹介してあるカタログには、登録されている女優の写真と釣書が載っている。顔写真のアップ、全身、ドレスアップ、普段着と、何バージョンもの写真と、身長体重スリーサイズ。登録人数は百人を超えていた。平凡可憐から絶世の美女までタイプは様々だが、その中でも選りすぐりの三十人を載せたカタログだった。

そこまで言うなら何も言うまい。好きなタイプをお選びくださいと、置かれたカタログを市原浩はゆっくりと捲《めく》っていった。

女優の卵もいれば、現役のモデルもいる。本来の業務である派遣スタッフと兼業で登録している者もいるが、どの人材も厳選され、厳しく管理されている。マナー研修も施され、どこに出しても恥ずかしくない訓練を受けている女優ばかりだ。

「才女がお望みであれば、語学が堪能なのもご用意できます」

ページを繰る華奢《きゃしゃ》な指を見つめながら、ひとつひとつ説明を施していく。

女優が決まれば、あとは何度か打ち合わせに出向いてもらい、必要とあれば自然な恋人同士、或いは夫婦として振る舞えるように稽古もする。そして完璧な状態で本番の日を迎えるのだ。

「見た目は市原様お望みのゴージャス系でも中身は家庭的がいい、などというオプションもなんなりとお申し付けください」

熱心に見ているようだが、これといった決め手が見つからないようで、市原はどんどんページを捲っていく。一冊まるまる読み終わり、次の冊子に手を伸ばす。今度はパラパラと捲ってみて、一度置いた最初の冊子を手に取りまた眺めている。どうにも選択肢があり過ぎて、決めかねているようだった。

浅海は市原が気に入った女優を見つけられるまで、根気強く相手をしていた。客を焦らせないよう少し手が止まったところを見計らい、合いの手を入れるように説明をしてみせる。

「こちらなどは身長も百五十センチと小柄ですし、お二人並んで歩いても違和感がないかと」

「俺がチビだって言いたいの？　百七十センチでヒール履かれたら違和感ありまくりって」

「いえいえ。あ、こちらも細身な感じでお似合いかと存じますが」

「俺が貧相だから肉感的なのは不釣り合いだってことだね。……これは？」

「そうですねえ。こちらは少しギャル系が入っているので……」

「俺に元気が足らないからチグハグに映るというわけか」

「いえ。少し日焼けなどなされればお似合いかと……」

「もやしって言いたいわけ？　ギャル連れて歩いたら、俺がさもカモみたいに見えるって」

「違います」

浅海の意見のひとつひとつに丁寧に難癖を付けながら、それなのに、これは？　これは？と聞いてくる。どうやら自分でもこれという決定打がないらしい。口ではゴージャスと言いながら、これはどうかと意見を聞いてくる女優に一貫性がないのだ。

身長が、雰囲気が、釣り合いが、と浅海の言葉尻を捕らえては難癖を付けてくる。結局はすべてが自分の持つコンプレックスに繋がり、どうにも自信がないらしい。

確かに目の前にいる市原浩は貧相だ。元気もないし、お世辞にもおしゃれとは言い難い。だが、卑下するほど素材が悪いとも思えない。身なりを整え、その被害妄想的な後ろ向き発想を取り払い、もう少し堂々としていれば、もっとよくなるのではないか。

テーブルに広げたカタログ全部に目を通し終わり、もう一度見直している依頼者を待ちながら、ふと思い立って、浅海はキャビネットからファイルを一枚取り出した。

「こちらは、本当は社外秘なのですが」

そう前置いて、二枚の写真を市原の前に置いた。カタログ用ではないその写真には、ひとりの男性が写っていた。

「市原様同様に、こちらに依頼されたお客様なのですが。ご覧ください」

一枚目を指さす。そこに写された男性は、ごく一般のどこにでもいそうなサラリーマンだ。

「使用前、とでも申しましょうか。そして、こちらが」

二枚目を指さす。同じ人物に見えるが、印象がまるで違っている。洗練され、小綺麗になった見目麗しい男が自信に満ちた笑顔で写っていた。

「使用後です」

先日、浅海たちと大活劇をやり遂げた、吉井という依頼人の写真だった。

自分を捨てた恋人と、横取りしてきた同僚を見返してやりたいと、ここにやってきた。始めは他の依頼とそう変わりなく、元カノよりも数段ランクアップした女性を連れて彼女の前に現れる、という筋書きだったのだ。

チンピラ大立ち回りのシナリオを提案したのは、実は浅海のほうからだった。打ち合わせの席で、吉井から話を聞き、無残な捨てられ方をし、職場でも笑い物にされているという吉井に、心底同情してしまったのだ。

心変わりは仕方がない。それでも人として、最低限の礼儀というものがあるだろうと浅海は思う。

そんなことはと尻込みをする吉井を説得し、自ら役者を買って出た。一緒に一泡吹かせてやりましょうと、目に涙を浮かべて説得する浅海に、吉井がほだされたのだ。

目の前の困っている人に、手を差し伸べずにはいられない。浅海はそういう熱い男だった。可哀想なものは放っておけない。テレビや映画で健気な動物と飼い主との物語なんか観た日には、泣き過ぎて翌日顔が変わってしまうほどだった。

相手のためには骨身を惜しまない。そういう姿勢が、今まで一度もクレームをもらうことなく、この仕事を任されている理由だ。そういった意味では、浅海にとってこの仕事は天職だといえた。

綿密なシナリオを立て、それを遂行するために、こちら側も、依頼人である吉井も努力を惜しまなかった。乱闘が嘘臭くならないように、格闘技系の道場にも通い、浅海とも何度も手合わせをした。

同時にただその場で格好よくチンピラを撃退するだけでは気が収まらないということで、吉井は男を磨く努力もし、その協力もしたのだ。美容室を紹介し、エステに通わせ、スタイリストも付けた。

かつての恋人が、見た目も美しくなり、颯爽と現れチンピラから自分を救ってくれた。現恋人はビビッて自分を置いて逃げたのに、彼は鼻血を噴きながらも私のために戦ってくれた。

なんということでしょう！

まさにビフォーアフターの奇跡。

『見限った男が実はダイヤの原石だったことを知り、俺を捨てたことを歯がみするほど後悔するがいい作戦』。

浅海が名付けたこの作戦は大成功を収め、吉井は満足を得、浅海たちは感謝と共に報酬を得た。

部下の佐々木の報告では、元カノの多美子がヨリを戻そうと吉井を必死に追い掛け、俄《にわか》に男を上げた吉井を他の女性と争うという、夢のような争奪戦が始まっているそうだ。

「ただ綺麗な女性を連れて歩くより、市原様自身、変わってみたいとは思いませんか？」

熱心に二枚の写真を眺めている市原にやさしく語り掛ける。素材は悪くないのだ。むしろ写真の人物よりも磨けば数段光るはずだ。

「……俺が？」

「そうです」

「変われる？」

「はい。きっとこの写真より、数段上にいけることを保証いたします」

市原は二枚の写真を手に取り、真剣に見つめている。眼鏡に隠れた睫毛《まつげ》は長く、病的に白い肌だって、よく見ればきめが細かい。髪の毛も手を加えていない分、痛みもない。

「如何でしょうか。ゴージャス系もいいですが、ご自分がまずゴージャスに変身することを目指してみては。女優はそれから選んでもよろしいかと。時間もまだあることですし」

同窓会は二ヶ月後だ。

「俺がゴージャス……」

考え込んでいる。想像が付かないようだ。

「髪の色を変えて、服装を変えてみるだけでも随分と印象が変わると思いますが」

顔を上げた市原浩が、浅海を見返してきた。

「本当にそう思ってる？」

「思っていますとも」

満面の笑みで答えてやる。

「男性に対しての褒め言葉ではないでしょうが、市原様は肌もお綺麗ですし」

「そんなの、嘘だ」

否定しながらも、頬に手を当てて自分の肌を確かめている様子が微笑ましい。

「今はほら、草食系、などといってもて囃《はや》されていますが、まさにそういったおやさしい面立ちで」

頬を撫でている肌がなんとなく赤くなっている。

「中性的というんですか？　最近はそういった男性が好まれるようで。眼鏡も今はおしゃれ感覚で服装に合わせて替える人も多いですし」

「俺の髪、色が変？」

「そんなことはないですが」

「でも変えろって今言ったよね」

「いいえ、少し明るめの色にしたらいいんじゃないかなー、と」

「眼鏡も野暮ったいって……」

「言ってません」

「ゴージャスな服とか、マジシャンみたいにならない？　いかにも胡散臭《うさんくさ》いな」

「いえ、あのですね、服をゴージャスにするわけではなくてですね」

「雀が孔雀の羽根付けて粋がってんじゃないよ、なんて」

「思いません」

「ペンギンに白鳥の羽根付けたって飛べないぞ」

「ですから市原様……」

その発想はいったいどこから来るんだろう。

また市原浩の自分卑下の旅が始まり、浅海は延々と彼の被害妄想に付き合いながら、説得を繰り返すこととなった。


『おしゃれサロン昇《のぼ》り龍《りゅう》』。

腕は確かなのに、ネーミングセンスでかなりの損をしていると思われる店に、二人はいた。

「兄貴」と、浅海を呼ぶこの店のオーナーは、部下の佐々木と違い、正真正銘浅海と血を分けた弟だった。

女優選びを取りあえず先送りにし、来る同窓会に向けて、まずは自分を変えてみようじゃないかという浅海の説得に、ようやく首を縦に振った市原浩を、では行きましょう、すぐ始めましょうと引っ張るようにして連れてきたのだ。この手のタイプは時間を置くと、またネガティブ思考に立ち戻り、説得が一からやり直しとなるだろうという浅海の直感だった。

『おしゃれサロン昇り龍』は、浅海の会社の御用達だ。

ネーミングはどうしようもないが、ハリウッドで修行してきたオーナーの腕は確かで、衣装選びから特殊メイクまで、あらゆるニーズに合わせて外見を演出してくれる。兄としての欲目を引いても、この弟、浅海知弘《ともひろ》は、浅海の仕事において信頼できるパートナーのひとりだった。

店のオーナーとして如才なく二人を出迎えた知弘に、「こいつ。どうにかいい感じに仕上げてくれ」と、そっと耳打ちをする。

案内され、相変わらず敵の襲来を恐れて四方八方に視線を巡らすプレーリードッグのような浩を眺め、知弘は面白そうだという笑みを浮かべた。

「いらっしゃいませ。市原様」

満面の笑みで挨拶をする知弘を見て、浩は「どうも」と言いながら、後退りをし始めた。

無理もないだろう。言葉と声音はやさしいが、その容貌は奇天烈極まりないのだ。

美容師らしく綺麗に染められた茶髪はひとつに括《くく》られ、浅海似の精悍《せいかん》な顔つきが際立ってはいるが、その両耳にはおまえそれで人の話が聞こえるのかと疑いたくなるほどの、夥《おびただ》しい数のピアスが並んでいた。ピアスは耳だけでなく鼻の横にもひとつ付いているし、唇にも小さな輪っかのようなものが付いている。ついでに言うなら舌の真ん中にも付いていた。

真夏の八月だが、それにしてもキンキンに冷房の効いている店内で、タンクトップ一丁の姿だ。その上剝き出しの肩、腕には肌を埋め尽くすようにして刺青が刺してあり、恐らくタンクトップの下にもそれは続いているものと容易に想像が付いた。

じりじりと出口に向かって後退っていく浩に「怖くないですよ～」と、満面の笑みを向けているが、まあ初対面で怖がるなというほうが無理なことだと分かっている浅海は、浩の側まで行き、「本当に怖くないですし、腕は確かですから」と、やさしく包むようにして言ってやった。

色を変え、さっぱりとしたヘアスタイルにするだけでも印象は変わるだろうが、トータルな意味で、この自信のない、それなのに妙に攻撃的な小動物をコーディネートするには、弟の力が是非必要だった。

「店のネーミングと本人の出で立ちはアレですが、必ずやご満足頂けます」と、力強く言ってみせると、浩は一瞬縋《すが》るように浅海を見上げてきた。臆病なのに気の強い浩は、アウェーに乗り込んだ先で、たったひとりの味方を見つけたような顔をしていた。

大丈夫ですよ、と励ます浅海の表情も自然と綻ぶ。

どうぞと弟に促され、大きな鏡の前にある椅子に座らせられる。浅海も浩の付き人のように、椅子の横に立っていた。

「今回のコンセプトは？」

鏡に映る浩の顔から目を離さないまま、知弘が聞いている。

顔の大部分を占領していた眼鏡を外し、ワゴンに置かれる。思った通り、現れた瞳は大きかった。眼鏡を取り上げられ、視界がぼやけたのを補強するように、浩は目を眇《すが》めている。睫毛は長く、すっきりとした二重はあどけないようで、理知的にも見えた。髪同様、眉も手を入れていないことは分かったが、元々毛深い体質でもないらしく、少し整えるだけで形よく収まるだろう。

もっさりと目元を隠すように覆っていた前髪を知弘が軽く搔き上げると、聡明そうな額が露になった。

「どんな風にしましょうか」

鏡越しに知弘がもう一度尋ねると、浩は横に立っている浅海に向け、やはり鏡越しに視線を送ってきた。

「お好きなように注文していいですよ」

浅海が促すと、浩は視線を鏡の自分に戻し、少し考えるようにしながら、口を開いた。

「……髪の色を、明るめにして」

「そうですね。そのほうがお似合いですよ」

「眼鏡も、こう……おしゃれな、感じで」

「はいはい。遊び感覚でいろいろ選べますよ。コンタクトでもいいんじゃない？」

知弘が提案すると、浩はもう一度浅海のほうに視線を寄越す。浅海が笑顔で頷くと、「じゃあ、それで」と、返事をした。

なんだ。案外素直じゃないか。

さっきのネガティブな会話を思い出し、可笑しくなる。あれだけ人の意見に難癖を付けておいてとも思うが、ここにきて素直に浅海の言ったことを提案している様子が微笑ましい。

「とにかく、野暮ったくない感じで」

「はいはい。お任せください」

「……人に馬鹿にされないような」

鏡を見つめる瞳に、必死さが映ったような気がした。

「大丈夫ですよ。素材がいいんだから。どんな風にも変われます」

腰を屈め、浩の顔の横に自分の顔を並べるようにして、浅海も鏡越しに笑い掛け、言った。

「嘘です」

呟《つぶや》くような、だが強い声で、浩が浅海の言葉を否定する。

「ホント、ホント。美少年系？　素で綺麗な男の人って少ないんですよ。特に日本ではね」

知弘があいだに入って取りなすように笑って言った。知弘の言葉にも、浩は憮然《ぶぜん》としたまま信じようとしない。

「任せてくださいよ。楽しみにしてください。なに、馬鹿にされるなんてこと、そこのおっかないのが許さないでしょうしね」

弟が戯《おど》けた表情で浩に向かってウインクをしている。

「この人を後ろに付けとけば、やくざも逃げるっつうの」

「おい」

「なにしろ『浦安《うらやす》の狂犬』と呼ばれた男だからね」

な、と顔中ピアス、全身刺青の弟が、兄の肩をバンバン叩いてきた。

「浦安の……狂犬？」

「この人今はこんな気取った顔してますけど、中身は凄いんですよー、市原様」

「おい」

「だから安心してお任せください。俺もこの人怖いですから、適当なことを言って半殺しとかやですからねー」

笑顔で「半殺し」とか言うなよ。

客の気を引き立たせようとリップサービスをするのはいいが、なにも自分を肴《さかな》にする必要はひとつもないじゃないかと、弟を睨み付けた。

浦安の狂犬。

確かに若い頃、そう呼ばれていた。だが、浅海からしてみれば、誰彼構わず噛《か》み付いていたわけではない。

昔からガタイがよく、目立つ存在だった浅海を、周りが放っておかなかっただけだ。目が合えばガンを飛ばしているのかと凄まれ、笑えば馬鹿にしているのかと食って掛かってくる。短気だとは自分では思っていないが、穏便な性格でもなかったから、売られた喧嘩を買っているうちに、いつの間にかその界隈《かいわい》に君臨することとなり、人に囲まれていたのだ。

謙虚な質でもなかったから「凄い」「強い」「格好いい」などともて囃されればいい気にもなり、ますます伝説が増えていく。慕ってこられれば持ち前のお人好し気質で子分の面倒をみる。ますます慕われ子分が増えていく、という図式だった。

煽てられ祭り上げられ暴れているうちに、「浦安の狂犬」などという異名を取るほどになってしまったことは、今では痛恨の極みだが、それを目の当たりにしていた弟にすれば、いい話の種なのだ。

「俺を怒らすと切り刻むぜ！　なーんて、危ない危ない。浦安のジャックザリッパー？」

「それじゃあ殺人鬼じゃないか。やっちゃったの？」

「殺ってません」

「殺りそうだったよな」

「殺らねえよ！」

弟のせいでつい地金が飛び出してしまい、そんな浅海を目を瞠《みは》ったまま浩が見つめている。

「強えのなんのって。この人の歩いた後ろには屍《しかばね》が累々と……」

「おい、言い過ぎだ。大概にしろ」

「それでスカウトされちゃったんだよね、兄貴」

「暴力団に？」

と、浩。

「いや、ボクシング」

「へええ」

長年の客商売で培った弟の舌は滑らかに動き、止まらない。浩は浩で、そんな話に目を輝かせて聞き入っている。

「『おまえ、そんなに暴れたいならリングに乗ってみねえか？』って、眼帯付けた出っ歯のオヤジに言われたわけよ。明日に向かって打つべし！　ってな」

「本当？」

嘘だ。

「な、兄貴。浦安から世界チャンプが生まれるところだったんだよな」

「凄いね」

「すげえ強かったんだよ。十年にひとり出るかどうかの逸材だって、大手のジムから引き合いが掛かって。でも兄貴は仁義が篤いから絶対動かなかったんだ」

弟がしみじみといった調子で、兄の武勇伝を語っている。

「なあ。そうだよなあ。本当。あれさえなけりゃなあ……」

「……もうその辺でやめてくれないか」

「おっと。悪い悪い。じゃあ、取りあえずカラーリングから始めましょうか」

浅海の心情を察した知弘は、明るくそう謝って、当初の目的へと話題を移していった。

「くだらない話で時間を取ってしまいました」

浅海が詫《わ》びると、浩は「いえ」と言ったきり、遮られた話の続きを促してはこなかった。

この手の話題は、皆面白がって先を聞きたがるのが常なのに。

知り合いが世界戦に挑んだかもしれないなどという話題は、格好の話の種で、ときにはまるで芸能人でも見るような目を向けてくる輩もいた。

過去の話だし、結局は世界を獲るどころか、その挑戦権を得るところに行くことすらできなかった浅海にとって、それは苦い体験談でしかなく、軽々しく口にはしたくなかった。

浩がどう感じたのかは分からなかったが、興味本位でしつこく聞いてくることもなく、話を蒸し返してもこない様子に、ホッとすると共に、少し見直す思いをも持った。

浅海の言葉尻を捕らえ、どこまでもネガティブに先回りをする浩だったが、それ故に、他人の持つコンプレックスにも敏感なのかもしれない。

生まれつきの性質なのか、それとも過去に何かあったのか。浅海にはそこまでは分かりようもないが、鏡の前で大人しく座っている男を眺めながら、浩の持つコンプレックスの裏にある、たまに垣間見せてくれる素直な性質を、もっと見てみたいなどと、考えていた。


髪の色をほんの少しだけ明るくし、帽子を被っていたようなヘアスタイルをこざっぱりと切り揃える。パーマっ気のないサラッとした髪を自然に流し、目を覆っていた前髪も軽くして、大きな瞳と聡明そうな額を露にする。

そうしただけで、浩の容貌は見違えるように変化していた。

髪の毛を弄《いじ》っているあいだに眼鏡を拝借し、同じビル内にある眼鏡ショップで度を合わせてもらい、何種類か作ってもらってきた。その日のスタイルに合わせ、眼鏡も替えようというわけだ。

渡された眼鏡を掛け、ようやく鏡の自分を見た浩は、そのまましばらく固まっていた。

「ほら。ちょっと弄っただけで、相当変わりましたよ。ね」

前髪の仕上げを施しながら、弟の知弘が浩に笑い掛けている。浩は声も出ないようで、じっと鏡に映る自分に見入っていた。驚いているようだ。

そんな姿を後ろから眺め、思った通りだったと浅海は満足していた。プロの手によって整えられた浩の姿は予想した通り、いやそれ以上の出来映えだった。

白い肌は明るい髪の色に映え、ますます白く、光っているように見える。整えられた眉も形よく、その下にはすっきりとした瞳が見開かれている。輪郭の露になった顎は細く、先ほどは気にとめていなかった唇が、意外とふっくらとしていたことを知る。

鏡を凝視していた浩は、前髪を触り、しきりに額を隠そうとしている。覆っていたすべてが露になったことに戸惑っているようだ。

下がった前髪を知弘がもう一度さらりと後ろへ流しながら「上げたほうがいいですよ。このほうが、ほら」と、浩に語り掛けている。それでも浩は恥ずかしいらしく、せっかくの綺麗な額と瞳を隠そうと、まるで子どものように抵抗していた。

「隠さないで。見えていたほうがずっといい」

忙しく前髪を弄っている浩に、浅海もやさしく説得した。

「もったいない。とても似合っていますよ」

「……変じゃない？」

「全然。こっちのほうがいい」

「本当に？」

「本当です」

「おでこ出して粋がってんじゃないよ、なんて」

「思いません」

「目つき悪いとか」

「言いません」

「本当に？」

「本当です。言うヤツがいたら……俺がぶっ飛ばしてやりますよ」

「出た。浦安の狂犬」

弟の戯けた声に、浩が笑った。

初めて見せてくれた浩の笑顔は、無邪気なのにとても華やかだった。花の顔とは、こういう笑顔をいうのではないかと、浅海はその表情に見入ってしまった。

店をスタッフに任せた弟と一緒にさっそく買い物に出かけることにする。浅海ももちろん付いていった。顧客なのだから責任を持つのは当然だし、浩も浅海を頼りにしているような気がしないでもない。

なにより、浩の服を自分が選んでやりたいという気持ちになっていた。

弟はプロなのだから、任せておけば間違いないのは分かっていた。それでも一緒に出向き、あのネガティブな押し問答をしながら浩の服を選んでやりたいという気持ちが強かったのだ。

持ち前のお節介気質が働いたのは間違いない。だが、浩が自分の手によって変わっていく様を眺めているのが楽しかった。実際に手を加え、髪型を変えたのは弟の知弘だ。それでも最初に浩の本質を見つけ、磨けば光ると確信し、説得したのは自分だという自負があった。

目元を隠し、怯《おび》えたように周りを警戒していた浩に、何があったのかは分からない。どういう心境で浅海の元を訪れ、同窓会に臨もうと決意したのかも分からないが、こうして出会い、手を貸すと約束したからには、とことん付き合ってやろうと決心していた。浅海たちの手を借りることで、浩が少しでも自信を付け、堂々と元クラスメートの前に姿を現すことができるなら、どんな協力も惜しまない。

弟の懇意にしている店を回り、浩はまさに着せ替え人形のように振り回された。スーツから普段着から靴から装飾品まで、あれよあれよと荷物が膨らんでいく。

あれもこれもと渡される衣装に、浩は素直に袖を通しながら難癖を付けるのも忘れない。目元を隠していたのと同じく、装いも地味で通していた浩にとって、色鮮やかなシャツや光沢のある素材などは、論外だったのだろう。

「こんな色のシャツ、着たことないよ」

「お似合いですよ」

「黄緑じゃないか」

「若草色って言いましょうよ。似合いますって」

「……カエルみたい、とか」

「思いません。こっちの色もいいですね」

「黄色……インコ」

「みたいじゃありません。市原様、鳥がお好きですか」

相変わらずのネガティブ発言も、繰り返し受け答えをしているうちに、だんだんと慣れてきて、漫才のような様相を呈してきた。

色違いのシャツを並べ、難癖を付け、そうしながらも結局は浅海の勧めたほうを選ぶ姿がなんとも……微笑ましい。

試着をして鏡に映った自分の姿を眺め、前髪を弄りながら、さっき浅海が褒めた額と目元を確認している。

目を細めながらその様子を眺めていたら、鏡越しに目が合った浩は、キッとこちらを睨み付け、ふっくらとした唇を尖《とが》らせた。

「思ってませんよ」

浩が何も言う前にそう言ってやり、「いや、やっぱり思ったかも」と言い直す。

「ほら、やっぱり」

と、目元を赤くする浩。

「何を思ったのか分かるんですか?」

「分かるよ。どうせ」

「凄く似合うなあって思って見てたんですけどね」

「……嘘ばっかり」

目元の赤みを耳まで広げながらふい、と横を向く表情を眺め、可愛いなあと思ったことは、黙っておくことにした。


マンション前の、邪魔にならないところに車を止め、待ち人が現れるのを待っていた。浩の住むマンションだ。

浩改造計画第二弾。

外見を整え、さあ次は肉体だと提案する浅海に、浩はしぶしぶ承諾した。強さが男の象徴だとは思っていないが、強くなることで自信が生じるのは確かだった。攻撃する強さではなく、自分を守るためにも鍛えたほうがいい。

第一弾の改造計画は弟の手を借りたが、こちらは浅海の得意分野だ。そうして張り切って、浩のマンション前まで迎えにきている。

豪奢《ごうしゃ》なエントランスから出てきた浩は、浅海の勧めたサマージャケットを羽織っている。中に着ているシャツもたぶん浅海の選んだものなんだろうなと想像し、思わず笑顔になった。

今日は浅海が通っているトレーニングジムに連れていくつもりだった。会員制のジムだが、会員と一緒に行けば設備を自由に使える。浩の住まいからは少し遠く、車で三十分ほどかかる距離だが、もし浩が気に入って通うことになれば、自分が送り迎えをしてもいいと考えていた。

迎えの車の前までやってきた浩に、浅海はわざわざ車から降り、うやうやしくドアを開けてやる。浅海のいそいそとした態度に戸惑った素振りを見せる浩に、そのうち女性をエスコートする方法を教えなければな、などと考えていた。

チンピラからジェントルマンまで、どんなシチュエーションも演じ分けられる浅海だ。浦安の狂犬からボクシングジムの練習生へと転身し、途中、のっぴきならない理由でプロボクサーの夢を断念せざるを得なかった。

そんなときに声を掛けてくれたのが今の会社の社長、二見大輔《ふたみだいすけ》だった。

バブル期にイベント企画業を立ち上げた二見は、時代の流れを敏感に捉え、人材派遣業に力を注ぎ始めていた。仕事をするには誠意と遊び心が大切だという社長は、その心意気で一風変わった人材レンタル業を考え付いたのだ。

若い頃は役者を目指していたこともあったという二見は、浅海の目立つ容貌と、腕っ節の強さに目を付け、スカウトしてきた。

碌《ろく》な学校も出ていない自分が会社員なんか勤まるかと思っていた浅海だったが、二見の熱心な説得にほだされた。そして二見は、喧嘩とボクシングしか知らなかった浅海に、社会人としての一からを仕込み、育ててくれたのだ。

ボクシングを諦めた浅海がやさぐれずにこうして真っ当な社会人になれたのは、すべて社長のお陰だった。仁義に篤い浅海にとって、今や二見は親同然で、どんなことがあっても付いていこうと心に決めている。

ジムのあるビルの地下駐車場に車を入れ、浩を連れて目的の場所へと向かう。

いきなりバーベルを持ち上げたりするのはつらいだろうと考え、今日のところは軽く泳いで、そのあとに余力があればトレーニング器具の講習を受けさせようと考えていた。

ロッカーに案内し、着替えを終えてから、予定通りプールのある階へと連れていった。

「聞くのを忘れてましたけど、泳げますか？」

浅海がそう聞くと、浩は心外な、という顔をしてこちらを睨んできた。

「俺が泳げないとでも？」

「いや、まあ、確かめるのを忘れたんで、ちょっと聞いてみただけです」

「運動神経鈍そうだなって？」

「……あー、まあ、得意ではない、かな？　なんて」

心にもないことを言うと、即座に鋭く突っ込んでくることはもう了承済みなので、こういうときは素直に答えることにしている。

「残念ながら泳げるんだな」

ネガティブなくせに、負けん気が強かったことも了承済みだ。

「いや。全然残念なんかじゃないですよ」

「どうだかね」

「二十メートルぐらいいけますか？　足をつかずに」

「失礼な。それぐらい泳げるよ！」

「そうですか。それならいいんです」

強く言い返してきたから、それなら大丈夫かと、競泳用のプールに連れていってやることにする。

足のつくほうのプールは安全だが騒がしい。老齢者が健康のために水の中をゆっくりと歩いている横でザバザバ泳ぐのも気が引けるし、ときどき子どもがふざけて入ってくるので、集中して泳げなかった。

その点、競泳用のほうは、水深が三メートルと深く、真剣に泳ぎたい人には有り難い。シンクロナイズドスイミングの練習場にもなっているプールだが、この時間はやっていないはずだった。

プールサイドで軽く準備運動をし、「まず俺が入りますから」と、プール脇の梯子《はしご》に足を下ろし、手を差し出したところで、浩は「ひとりで平気だから」と、縁に座った状態からプールに滑り込んだ。

「深いですよ」と注意をする間もなく足から飛び込んだ浩は、直立のまま一旦プールの底まで深く沈み込み、慌てて浮き上がってきた。ここまで深いと思っていなかったのだろう。水面から顔を出した浩は、完全にパニックに陥っていた。

あっぷあっぷと藻掻きながらどうにか顔を出そうとするが、滅茶苦茶に手足をばたつかせるから却って沈んでいく。必死に顔を出すも、自分の立てる飛沫《しぶき》で、せっかく上がった顔にも水が掛かり、空気を取り込めず、ますます手足をばたつかせ、藻掻いた末に、また沈んでいった。

「うわっ。ちょ、ちょっと！　落ち着いて」

梯子に足を乗せたまま手を伸ばす。水中で尚も暴れている浩の腕を摑み、引き寄せた。一緒に水の中に入ってしまうとしがみつかれて浅海も溺れてしまう危険があった。

たぐり寄せた腕を強い力で引っ張り、浮いてきたところで一旦腕を離し、背中から回すようにして脇を支えてやった。一本の藁《わら》にも縋りつきそうな形相で、浩は浅海の首根っこにしがみついた。

ばたつく足は、上手く梯子を摑めず、水の中でまだ藻掻いていたが、浅海の「大丈夫、離さないから」の声に、ようやく落ち着きを取り戻し、身体の力を抜いていった。

自分が水に入り、浩に梯子を渡してやろうと身体を入れ替えようとしたが、浩の腕は浅海の首から離れなかった。水を飲んでしまったのか、目からは涙が流れている。

「ごめん。悪かった」

ゲホゲホと苦しげに咳《せ》き込みながら、浅海の首にしがみついている浩に謝る。初めに深いと説明しなかった自分が悪い。

「ごめんな」

脇に回した腕でしっかりと支えながら、浩が平静を取り戻すまで動かないでいた。

プールサイドまでようやく辿り着き、まだショック状態の浩にタオルを渡してやる。タオルに顔を埋めている背中に自分のタオルも掛けてやり、背中を擦り、まだ水の滴っている髪の毛を手で拭いてやったりと、オロオロと世話を焼いた。

怖い思いをさせてすまなかった、ごめん、と身体を擦りながら謝り続ける浅海に、浩は小さな声で「大丈夫」と言ってくれた。

「俺も話も聞かずに飛び込んだから」

塩素が沁《し》みたのか、赤くなってしまった目で、庇うようにそう言われ、ますます申し訳なさが募る。

「ごめん」

「まさか、あんなに深いとは思わなかった」

目を赤くしたまま、浩が無理矢理微笑んできた。

「喉は痛くないか？」

大量に水を飲んでしまったかもと心配する浅海に、「平気」と掛けてやったタオルを返してきた。大事には至らなかったことにほっとして、肩に掛けてあった自分のタオルで身体を拭いている浩を眺めながら、完全に落ち着くのを待つことにした。

腕を摑んで引き寄せたときに引っ掻いてしまったのだろう、赤い筋が肩と背中に残っていた。強く摑んだから、腕の付け根にも浅海の指の痕がうっすらと付いている。パタパタと髪の滴が落ち、白い肌がそれを弾くようにして滑っていく。

凝視している自分に気付き、視線を外すが、自分が付けた紅い痕跡をまた横目で観察する。薄い。薄くて異常に、白い。

ちょっと引っ掻いただけでこうなる、この薄い皮膚に吸い付いたら、きっともっと鮮やかな色が浮かび上がるだろう。

いや、と慌てて首を振る。

いくら色が白いといっても、相手は男だぞ。自分にそんな趣味はない。男の肌に吸い付きたいだなんて。

……だが。

もう一度隣の男にちらりと視線を送り、その白い肌をまじまじと眺めた。

落ち着きを取り戻してはいるが、まだ動揺は消えていない様子で、微かに鳥肌が立っていた。プールの蛍光灯に照らされた、薄いうぶ毛がぽわぽわと光っている。何となくそれが、果物の桃を連想させ、思わず見入る。桃は――特に白桃は、浅海の大好物だった。

今うっすらと鳥肌を立てている肌のもっと下の部分、海パンの中に隠されているそこもきっと白く柔らかい。手触りも桃に近いのではないか。芳醇でジューシーで、堅そうで実は柔らかい、白い……桃。

「浅海さん……大丈夫か？」

よからぬ想像を巡らせている浅海に、浩が怪訝《けげん》な目を向けてきた。

「えっ？　俺？　俺は全然、大丈夫だけど」

まさか、見破られたか？

こいつ人の心を読むんだったと慌てて目を逸らした。そんな浅海の横顔を、浩は尚も凝視している。

「鼻血出てるけど」

え、と自分の顔に手をやると、ヌルっとした感触があり、指に赤い色が付いた。慌てて持っていたタオルを顔に当てる。

「肘が当たっちゃったのかも」

「いや、違う」

「でも、どこかぶつけたんだよ。俺が暴れたから。でなきゃ鼻血なんか出ないだろ」

もっともな意見に何も言えないでいる浅海を、浩が心配して覗《のぞ》き込んでくる。人の心を読む目の前の男に、絶対に悟られまいと、必死に取り繕う浅海だった。

「……だっせぇ」

笑い声と共にそんな言葉が聞こえ、目を向ける。プールサイドに並べてあるデッキチェアに一組の男女がいた。

浅海の視線を受け、肩を竦《すく》めた男は尚もクスクスと笑っている。女が「ちょっと、やめなよぉ」と笑いながら窘《たしな》め、肩を叩いた。泳ぎにきているのに、バッチリと化粧をしたままデッキチェアに寝そべっている。とても頭の悪そうな印象だ。

だいたいプールに来ておいて、さっきから泳ぎもせずに、ずっとデッキチェアを陣取ってしゃべってばかりいる。それにここは飲食禁止だ。ペットボトルなんか持ち込んでんじゃねえぞこら。ルールは守れ。そしてプールに来るならそれらしい格好をしろ。ドレッドヘアだかなんだか知らないが、そのかりんとうみたいなチョンチョロリンを引き千切ってやろうか、ああ?

「……浅海さん」

無礼なバカップルを睨み付けている浅海を浩が呼んだ。

「出ようか」

今日はもう泳ぐのはやめにしようかと言う浅海に、浩は泳ぎたいと主張した。

「深いって分かっていれば平気だから」

頑固にそう言ってはいるが、それが浅海に対する気遣いだと分かっていた。

落ち着いて水に入れば、言っていた通り、浩はプールの端から端まで泳いでみせた。基本に忠実なストロークは、彼の生真面目さが滲《にじ》み出ていた。多少捻くれてはいるが、目の前の課題には真剣に取り組む素直さが垣間見られる、浩の泳ぎだった。

途中で少しでも疲れたら、足が付かないのは危険だからと、浩のスピードに合わせて隣を泳ぎながら、いつでも手を差し伸べられる準備をしていた浅海だったが、残念なことに浩は一度も浅海の手を頼ることなく、プールを往復した。いや別に残念ではないのだが……。

一時間ほどゆっくりと泳ぎ、丁度いい案配に身体が疲れ、二人で休憩を取る。プールには他にも人が増えていて、レーンを明け渡したのだ。

「トレーニングルームもあるんだろ？」

浅海の隣で身体を拭いていた浩が、講習を受けてみたいと言った。意外と体力はあったらしい。

「まだ大丈夫そうか？」

「なに？　俺がすぐ音を上げてへたばると思った？」

負けん気の強い瞳が「そうでもないいんだよなあ」と得意げだ。

「いや。ああ、まあ思ったよりは」

「やっぱりね」

「泳ぎが嫌いじゃなくてよかった」

「泳ぐのは案外好き。久し振りだったけど」

「そうか、ならよかった」

「浅海さんみたいに豪快には泳げないけど」

「そんなことはない。俺のは我流だし、ストロークはむしろそっちのほうが綺麗だ」

浅海の褒め言葉に、浩はふん、と唇を尖らせた。「嘘ばっかり」と反発しながら頬が緩んでいるのが可愛いじゃないか。

「本当だ。力の抜けた、とても綺麗なフォームだ」

泳ぐのが好きというのは本当らしく、恐怖を克服した浩の泳ぎは伸びやかで綺麗だと思った。上がる水飛沫がキラキラと光り、白い肌が飛沫を弾く。空気を取り込もうと、パカ、と開いた唇が可愛らしかった。気持ちよさげに水に浮く姿はまさに水を得た魚、いや、さながら人魚のようだった。

……などとは決して言わないが。

ではトレーニングルームに移ろうかとプールをあとにする。一通りの器具の説明をしながら見て回り、浩がそのひとつの前で足を止めた。

それはボクシング用のパンチングボールだった。吊り下がったボールをリズムよく叩き、反射神経を鍛えるものだ。

興味深げに眺めているから、打ちやすいように高さを調節してやり、打ってみろと促す。軽くパンチを当てたボールは、パイン、と軽い音を立て、不規則に揺れた。予想のつかない揺れ方をするボールに、闇雲に拳を当ててみるが、まるで打ち手の拳から逃れるようにしてボールは滑り、空振りが続いた。

「意外と難しいもんだね」

あっさりと降参しながら笑っている浩と浅海の後ろで、「だっせえ」という声が聞こえ、振り返る。あのドレッド野郎がまたしても馬鹿にしたような顔をしてニヤニヤしながら立っていた。自分のほうが阿呆なのに。

「ケンちゃん、できるの？　難しそうだよ」

カップルの片割れが言うのに、ドレッドケンちゃんはへ、と笑い、パンチングボールの前に立ち、拳を握り脇を締めた。

「ほう」

経験があるのか、ファイティングポーズはなかなか形になっている。パン、と音を立ててボールを叩き、跳ね返ってくるのを迎え、打った。軽く当たったボールはゆっくりと動き、それに合わせてドレッドケンちゃんが右へ左へと拳を当てる。

形はまあ様になっているが、それにしてもスピードがなかった。それに、三、四発打っただけですでに腕が下がってきていた。肘の位置を保ったままパンチを打ち続けるのは実はとても体力のいることなのだ。案の上、ケンちゃんは一分もしないうちに腕が上がらなくなり、ボールを打つことをやめた。たった二十発足らずのパンチングで、全力疾走を終えた犬のようになっている。

「すごぉい」

それでも彼女は感心したらしく、手を叩いてケンちゃんを迎えている。「へっ……」と、未だに息が上がったままケンちゃんが笑い、それを見ていた浅海も鼻で嗤《わら》った。

浅海の笑いに気が付いたケンちゃんが、うろんな目つきでこちらを睨んだ。あの程度の運動で、顔には滝のような汗をかいている。頭に載っかっているドレッドヘアと相俟《あいま》って、泥をかぶった犬のようだなと、浅海も口端を上げたまま睨み下ろす。悪意には悪意で返すのが本来の浅海の信条だ。

三白眼で睨み上げてくるケンちゃんを、その百倍の眼力で迎え撃つ。気骨のある野郎なら、五秒は保つだろう睨み合いだが、ケンちゃんは二秒で目を逸らした。馬鹿が。釣りがないなら喧嘩を売ってくるんじゃねえぞ。

ケンちゃんと入れ替わりにパンチングボールの前に浅海が立った。ボールに向けてファイティングポーズを取る。

軽く拳を当て、ボールが回転し始めた。不規則に揺れるそれを的確に捕らえ、右へ左へと正確に打ち分けながら、スピードを上げていく。「タタン、タタン」と小気味いい三連符は、そのうち連続して聞こえ始め、やがてボールは高速で繰り出される浅海の腕に吸い付くようにして小さく震え、そこから動かなくなった。

三分間という時間を、身体はまだ覚えていた。

脇を締めたまま、絶対に肘を下げることなく規則正しくパンチを繰り返し、心拍数が三分を告げたのを期に、ゆっくりと速度を落としていった。

まだ揺れようとするボールを片手で受け止め振り返ると、ケンちゃんがポカンと口を開けたままこちらを見ていた。

いつの間にかギャラリーが集まっていたらしく、パラパラと拍手が起こる。仮にもプロボクサーを目指していた浅海のボールさばきは、それだけで鑑賞するに値するパフォーマンスだったようだ。

観衆の後ろでは、ケンちゃんがちぇ、と舌打ちをするのが見えたが、浅海と目が合うと、逃げるようにしてトレーニングルームから出ていった。

「すげぇ。プロですか?」

観客のひとりが浅海に話し掛けてきた。

吹き出た汗を腕で拭いながら「いえ、違います」と短く答え、もっと見たいという期待の籠もった視線から逃げるように、その場から離れた。まったく、何をやっているのか。

「浅海さん」

名前を呼ばれ、浅海のあとを追いかけるように付いてきた浩の存在に改めて気付き、歩調を緩めた。

「すみません」

詫びの言葉を発し、頭を下げる。

浩を馬鹿にされたことで頭に血が上り、あんなおもちゃに手を出してしまった。そこには無意識に浩にいいところを見せようという魂胆があったのだ。やっているうちに目的を忘れ、夢中になった。その上我に返り、今度は浩を置き去りにしてその場を立ち去ってしまった。

すべてが恥ずかしく、申し訳なかった。

「いや。そんなことないよ」

浅海の言葉にしなかった様々な言い訳に対して、浩はそう答えた。

置いていくなよと怒るわけでもなく、何故謝るのかと聞いてくるでもなく、淡々とそう言うのだ。こいつは本当に人の心が読めるのかと、こちらを見上げている浩の顔を見つめた。

「久し振りに身体を動かせて、案外楽しかった」

「そうですか。またお連れしてもよろしいですか？」

「そうだね」

それはよかったと、浅海も笑顔を返す。つられるように浩の顔にも笑顔が浮かんだ。その表情はやはり花のようにやさしかったが、じっと見つめているうちに、だんだんとそれが変化していき、やがていつものような不満げな顔に変わってしまった。

「どうかしましたか？」

「戻っちゃったな」

「何がですか？」

浩が何に機嫌を損ねたのかが分からずにそう聞くと、浩はますます怒ったような顔で、ふてくされたように、小さく言った。

「プールではタメ口だったのに、また敬語に戻っちゃった」

拗《す》ねたようにそんなことを言う浩に、ああ、そういえば、プールで溺れかけてからずっと、タメ口きいていたっけと初めて思い当たった。

顧客に対して失礼なことをしてしまったと思うと同時に、敬語に戻ってしまったことをさも残念そうに言われたのが、可笑しかった。


エレベーターを降りると、そこは別世界だった。

溜池山王《ためいけさんのう》にあるタワービルの最上階。今夜営業しているのはこのイタリアンレストランだけだった。店の入り口に立っている黒服に招待状のカードを渡すと、耳にインカムを付けた男が浅海と、隣にいる浩の顔を確かめるように見つめ、それから軽く顎を引いた。

「お待ちしておりました。どうぞ、奥へ」

預ける上着も荷物もないので、そのまま奥へと通される。店内は人で溢《あふ》れていた。

着物を着ている女性もいれば、ドレスシャツにジーンズといった男性もいるが、全体的にはフォーマルな雰囲気だ。立食形式の会場らしく、皆グラスを片手にそれぞれの相手と談笑をしていた。

店の窓は全面ガラス張りで、都心の明かりが一望できる。祝日ということもあり、光の数は少なかったが、官邸や皇居の近い高層ビルの最上階から眺める景色は、それでも一瞬見惚《みと》れるほどの絶景といえた。

窓からの景色を見下ろしている浩を促し、カウンターで飲み物を選ばせる。

「アルコールはいけますか?」の浅海の問いに、いつものごとく「いけるよ、普通には」と、条件反射のように答えてきた。

飲むのが目的ではないから、ここで少し講釈をする。こういう席でいきなりアルコール度数の高いものを手に取るのは得策ではない。女性を伴っていれば、これは口当たりがいいなどと、勧める場面もあるだろうと、丁寧に説明をしてやった。

「カズ。いらっしゃい」

華やかな声で名前を呼ばれ、シャンパングラスを手にしたまま振り返ると、今日の主役がそこに立っていた。

濃紺のシフォンドレスは大きく胸が開き、ショーウインドウ越しにしか見たことのないようなダイヤのネックレスがグルリと首に巻かれている。無造作気味にアップされたヘアスタイルに、舞台化粧かと思うほどの鮮やかなメイクを施しているが、下品ではない。出で立ちに負けない艶やかさを纏《まと》い、女性が浅海に笑い掛けている。

「よかった。来てくれて」

「約束ですから」

女性の持っているグラスが空に近いのを認め、新しいグラスを渡す。彼女の好みは知っていた。浅海の名を「カズ」と親しげに呼んだ女性はまた華やかに笑い、軽くグラスを合わせたあと、隣に立つ浩に視線を移した。

「今日は友人を連れてきました」

「大歓迎よ」

にこやかに答える女性に連れを紹介する。

「可愛らしい方ね。あら、男性に可愛らしいは失礼かしら」

艶やかに笑いながら、女性が浩の手を取り、握手を交わしている。

「こちらは……まあ、紹介するまでもないが」

茫然《ぼうぜん》と挨拶を受けている浩に、暗に「知っているだろう」と匂わせてみせたのは、女性に対する礼儀だった。『竜ヶ崎《りゅうがさき》みれい』という、この女優を知らない日本人のほうが少ないだろう。世間に疎いと思われる浩が、或いは彼女を認知していないかもと懸念したが、それは杞憂に終わった。

「もちろん。知っています」

未だに驚いた表情の浩だったが、ようやくそう言って「はじめまして」と挨拶をした。

映画界のトップに君臨するこの女優は、去年公開されたハリウッド映画でアカデミー助演女優賞候補に挙がり、日本中が注目したものだ。今は大河ドラマで毎週その妖艶な演技を披露している。今日はその彼女のパーティに浩を伴いやってきたのだ。

今では日本を代表する女優の竜ヶ崎だが、その才能は遅咲きだった。彼女のマネージャーであり、恋人であった男が足を引っ張っていたからだ。社長の二見が昔所属していた劇団で、二見と同期だった竜ヶ崎は、そのつてを頼り、パワーリソース二見を訪ねてきた。

ヒモに近かったその男を、浅海が浦安の狂犬を発動させて追い払ったのがきっかけだった。浅海の働きにより、自由と名声を手に入れた竜ヶ崎は、その後もアフターサービスはないのかと、しつこく連絡を寄越してくる顧客のひとりだ。

映画祭の受賞パーティや打ち上げなど、何度も招待はされていたが、出向いたのは今回が初めてだった。今日は竜ヶ崎が座長をしている舞台の中日の打ち上げパーティで、こういった場に慣れておくのも悪くはないと、浩を伴いやってきたのだ。

光沢のあるジャケットにループタイ、スラックスといった浩のセミフォーマルスタイルは、弟と一緒に出向き、浅海が見立てたものだ。柔らかい風貌と痩身によく似合っている。眼鏡はせずにコンタクトにしろとは、浅海のリクエストだった。隣に立つ浅海自身はブラックスーツだ。

人に注目されるのは慣れているが、周りが、特に女性が振り返るのは、浅海のせいだけではなかった。初めて浅海の元を訪れたときの、あのリクルートスーツ姿と比べれば、本当に別人かと思うほど、今日の浩の姿は様になっている。

現に目の前にいる大女優は、握手している浩の手を離さない。真っ赤に塗られた口紅の奥で、舌なめずりをしたように見えたのは気のせいか。

「みれいさん、誰？」

そろそろその手を離しなさいよと思っている背後から、男の声が聞こえた。未成年かと思われるような幼い容貌の男性が、ウイスキーグラスを片手にこちらを覗いていた。

「ディレクター？」

会場にはテレビでお馴染《なじ》みの顔ぶれもあったし、映画界の監督やスタッフも招かれている。声を掛けてきた男もモデルかと思うようなスタイルではあった。

「ああ、ケンちゃん。こちらはね、昔からの知り合い。大変お世話になった人なのよ」

こいつの名前も「ケンちゃん」なのかと、子犬のように首を傾《かし》げてこちらを見ている男に目礼をした。紹介されたケンちゃんは、浅海たちが業界人ではないことを知り、興味を失ったように「ああ」と、おざなりな声を出し、竜ヶ崎にしな垂れ掛かった。大分酒が回っているようだ。

「ねえみれいさん。あっちに監督が来てるんだよ。紹介して」

甘えられた竜ヶ崎が、「あらあら」とまんざらでもないような声を出し、微笑んでいる。どうにもこの女優は男に関して学習能力がないらしく、こういった駄目人間に弱いようだった。そしてあとから困り果て、浅海の会社に連絡が来る。言うなればお得意様ではあるのだが。

ケンちゃんに連れ去られようとした竜ヶ崎が「ああ、そうだ、そうだ」と踵《きびす》を返し、浅海に耳打ちをしてきた。

「うちの事務所の子、アルバイトを探しているんだけど、二見くんのところで何人か雇ってくれないかしら」

まだまだそれ一本では生活のできない俳優の卵たちを預けたいのだと、姐さん肌の竜ヶ崎が浅海に頼んでくる。

「ああ。話をしておきましょう。こちらにとってもそれは悪い話じゃないですから」

今までも彼女から何人か有望な人材を紹介され、それらはカタログの「お勧め商品」に載せてある。本業が忙しくなって辞めていく者もいたし、この派遣業を本業にする者もいた。研修も受けられるし、手に職もつくし、こちら側としても優秀な人材を発掘できる。双方にとって美味しい商談だ。

「じゃあ、またそのうち連絡するから」

密約というほどのことでもない話だったが、悪戯好きの竜ヶ崎はわざと声を潜め、浅海の耳元に唇を掠《かす》めるようにして囁いてくる。ついでに豊満な胸を肘に押し付けてきたが、笑顔で気付かない振りをした。そんな二人をケンちゃんが剣呑《けんのん》な目つきで睨んでいる。

「ごゆっくり」

艶然と笑いながら離れていく竜ヶ崎に、ケンちゃんが近寄り、甘えるようにしな垂れ掛かっていった。

「ねえ、誰なの？　みれいさん。どっかの事務所の社長とか？」

「いいの、いいの。行きましょう」

若い男に焼きもちをやかせてご満悦な様子で、また会場の中心へと戻っていく竜ヶ崎を見送り、浅海も浩を伴って、会場を回避することにした。今日の目的のひとつは、浩をこういった場に連れ出し、慣れさせることだ。

また機会があったら、今度はカタログから選んだ女優を連れて、レクチャーしてもいいだろうと考える。口で教えるよりも、一度体験したほうが余程身になるのだ。

「凄い人と知り合いなんだね」

「ああ。まあ。ちょっとしたことで」

顧客の個人情報は最重要機密なので、知り合った詳しい経緯などは言葉を濁しておく。

「向こうはそんな感じじゃなかったけど？」

しつこい男を撃退するのに、一番手っ取り早く効果のある手段を選んだので、彼女のプライベートは概ね知っている。それを盾に殊更親しくなろうなどとは思いもしなかったし、仕事の関係が終われば簡単に忘れていた。いくら魅力的で豊満でも、浅海の趣味ではない。

「カズって誰？　って思った」

「名前が『和明』ですから。呼びやすいんでしょう」

なんなら浩もそう呼んでくれても構わないぞ、などと思いながら苦笑してみせる。

「近くで会うと迫力あるな」

食われるかと思ったと、小さく感想を述べた浩に浅海も笑う。

「凄い口紅の色だったし」

「確かに」

浩を吟味しながら舌なめずりをしていたのは、浅海の錯覚ではなかったようで、浩もそれを感じ取っていたらしい。これは気を付けてやらねば、などと思う浅海だった。

「同窓会は立食形式でしたね」

「ああ。そう書いてあった」

ブッフェスタイルの会場を歩き、料理のとりわけ方、飲み物の注文の仕方、立食のパーティでのスマートな立ち居振る舞いを細かく教えてやる。

「嫌いなものなんかはないですか？」

「特にない。ああ、強いて言えばピーマンかな」

そうか。ピーマンが嫌いなんだなと、頭のメモ帳に我知らずインプットしている浅海に、

「……なんだよ。子どもだなって今思っただろ」と、浩が突っ掛かってくるのが面白かった。

「思っていませんよ。それをいうなら、俺は人参が苦手です」

「へえ。そうなの？　美味しいのに」

「あれは馬が食べる物でしょうが」

憤然と答える浅海に、浩が笑った。

「じゃあ、今度浅海さんには人参をプレゼントしようかな」

意地悪でそう言っているのだろうが、浩の「プレゼント」の言葉に何故か心が躍り、それなら全然美味しく食えるかも、むしろ大好物になっちゃったりして、などと思ってしまうのが不思議だった。

会は佳境に入り、酒も進み、人の動きも緩慢になっていく。ときどきは何処かのタレントらしい若い女性が寄ってきて「どちらかの事務所の方ですか？」と、浅海に挨拶をしにやっ

てくる。適当に受け答えをしながら、同じように浩に話し掛けてくる女性を、片っ端からガードしている浅海だった。

「部外者が入っていても、案外怪しまれないのな」

「そりゃあ、ちゃんと招待状を持ってやってきているんだから。それに堂々としていれば、さっきみたいに人も話し掛けてくる。場に馴染むことが大事だ」

会話が弾み、いつしか浅海の口調もくだけたものになっていく。竜ヶ崎以外は特に知り合いもいないパーティだったが、楽しく感じていた。フルーツの盛り合わせの前に立ち、せっせと浩のためのデザートを取ってやる。イチゴに生クリームを載せたものを、イチゴのような赤い唇で美味しそうに頬張っている。なんだ、共食いみたいだな、などと思いながら、目を細めてそんな浩の表情を眺めているのが楽しかった。

途中、また竜ヶ崎が「飲んでる？　なんだか楽しそうね」と、邪魔をしにやってきた。

「ああそうだ。市原さん、ＩＴ関係のお仕事をされているんでしたっけ」

自分のオフィシャルサイトをリニューアルしたいと言って、浩に相談を持ち掛けてくる。浩のやっている仕事とホームページ制作とは、畑が違うと思うのだが、竜ヶ崎にはその区別はつかないらしい。それでも浩は、今日の主催者の他愛ない質問に丁寧に答えていた。

「ＨＰ制作は扱っていないのですが、よかったら専門を紹介しますよ」

「あら、じゃあそうしてもらおうかしら。アドレスを教えてもらってもいい？」

気軽に携帯電話を出している竜ヶ崎に、おまえそれが目的か、油断も隙もあったもんじゃねえな、とそんなことも言えず、ヤキモキしながら二人の連絡先交換の風景を見守っていたのだが、浅海と同じように、苦々しい面持ちでそれを見ている男がもうひとりいた。

さっきからずっと竜ヶ崎のあとを付いて回り、何かと派手な笑い声を上げていたケンちゃんは、酔いも手伝ってか、大分傍若無人な振る舞いをしていた。どうにも自分が彼女のお気に入りであるということで、何かを錯覚しているらしい。

浩と竜ヶ崎の会話に割って入るようにして、ケンちゃんが「そろそろ二次会に流れようかって話だよ？」と言ってきた。

「ああそうね。カズも来ない？　市原さんも。よかったら」

もちろん行く気はないのだが、大女優の誘いに笑って応えていると、ケンちゃんが「えーー」と、あからさまな声を出した。そんな馬鹿のような男を、竜ヶ崎が「ケンちゃん、めっ」と、これも親バカ丸出しのような声で窘めている。

馬鹿な子ほど可愛いと世間ではいうが、この場合、その馬鹿を育て、更に増長させているのはこの女だなと、冷めた気持ちで眺めていた。

「だってさ。業界の人と違うんでしょ？　知らない人ばっかりだし。楽しくないよねえ？」

楽しいか楽しくないかは自分で決めるが、おまえがいたら楽しくないだろうなと、その阿呆面を見返した。自分の利益にならないとなると態度を変える、そういう人間が嫌いだ。

「そうですね。今日は遠慮しときます」

「あら、残念ね」

浅海の返事を予想していたらしく、大して残念そうでもなくそう言う竜ヶ崎に、さっき彼女が浅海にしたように、耳元に顔を寄せ、囁いた。

「……あんまり増長させないほうがいいですよ。こういう輩は自分の身の程の区別がつかないらしい」

浅海の言葉を聞いていたケンちゃんの顔色が変わった。剣呑な目つきで睨み上げてくるのを迎え撃つ。悪意には悪意で返すのが信条だ。

「なに？　あんた、失礼じゃないか」

「さっきから失礼なのはそっちのほうだと思うが？」

「ちょっと二人とも、やめなさいよ」

対峙する二人のあいだで竜ヶ崎が戸惑ったような声を出す。胸の前で手を結び、私のために争わないでと、楽しむように。

今にも飛び掛かってきそうな目つきをしてこちらを睨んでくるが、腕に自信がないのか、周りを気にしているのか、それともまだ竜ヶ崎が自分を援護してくれると踏んでいるのか、ケンちゃんは動かない。こちらから駄目押しをするしかないようだ。

「おまえもな、みれい、なんでいつもこういう頭の悪いのを引っ掛けるんだ？　女を下げるぞ。少しは考えて選べ」

　口端を上げ、竜ヶ崎に向かってそう言ってみせると、ケンちゃんの腕がピク、と動いた。浅海の左目の外側から円を描くようにして向かってくる拳を竜ヶ崎のほうを向いたまま、パシっと受け止める。同時に反対側に持っているケンちゃんのグラスを取り上げた。

「おい、グラス持ったまま飛び掛かってくるのは危ねえだろうが。服に掛かったらどうすんだよ。俺の大事な人の服を汚したら承知しねえぞ」

「カズ……」と、呟く竜ヶ崎。

　一緒に選んだんだぞ、今日のスーツは。凄く似合ってるんだから汚すな馬鹿野郎と、唸《うな》り声を出す。

　握った拳がミシミシと音を立て、ケンちゃんの顔が歪《ゆが》んだ。

「チャラチャラ連れて歩く分には多めに見るが、あんまり舐《な》めた真似をしてくれんなよ。なあ、ケンちゃんよ、おまえもこいつの元マネージャーみたいにしてやろうか？　ぁあ？」

「やめて！　カズ！　沈めるのは勘弁して！　まだこの子には将来があるのよ」

　悲痛な声で浅海に訴えてくる竜ヶ崎。目には涙が溜《た》まっている。拳を摑まれたままのケンちゃんは、大きく目を見開き、いやいやをするように首を振った。

「す……すみません。勘弁してください。すみません、すみません」

「離してあげて」の竜ヶ崎の声に、ケンちゃんの拳を摑んでいた手をゆっくりと開いた。ス

ーツの襟を直し、少し乱れてしまった前髪を搔き上げる。そうしながら眉根を寄せてケンちゃんを睨むのも忘れない。

「気が変わった。二次会に連れていってもらおうか。こいつとじっくり話し合う必要がありそうだ」

「なあ」とケンちゃんの肩を叩くと、「ヒッ」と情けない声を上げ、ケンちゃんが飛び上がった。

「俺、俺……帰ります」

「そう言うなよ」

肩を抱いたまま店の出口付近まで連れていくと、ケンちゃんは「すみません、すみません」と繰り返し謝り、「帰してください」の声は涙声に変わっていた。

「二度とみれいに近づくんじゃねえぞ。分かったか。あ？」

「分かりました。もう……はい、分かりましたっ」

そこでようやく手を離し、あたふたと逃げていくケンちゃんを見送った。店内に戻ると、何事かと好奇の目で浅海たちのやり取りを見物していた周囲は、余興は終わったのかとまた和やかな歓談に戻っていた。彼らもケンちゃんの傍若無人振りには辟易《へきえき》していたと見える。

茫然と事の成り行きを見守っていた浩の元に戻り、「お騒がせしました」と頭を下げる。隣でやはりこの猿芝居の主役を演じていた女優が、微笑みながら「ご苦労様」と労いの言葉を掛けてきた。

「それでは後ほど明細書のほうをお送りいたしますので」

「ああ。ありがとう。助かったわ」

「頻繁に使える手ではありませんので、少しは自重してくださると有り難いのですが」

「あら、違うのよ。最初はね、可愛いものだったのよ？　どこで間違えちゃったのかしら」

赤い唇を大仰に曲げ、竜ヶ崎が困ったものだわと溜息を吐く。懲りないお方だ。

「ちょっとねえ、加減がなくなってきたというか、ほら、私だけならいいんだけど、周りにもあんな感じで、迷惑を掛けているみたいだったから。カズが来てくれて助かったわ」

「依頼とあればいつでも参上しますが」

まったく派手好きでイベント好きな客は困ると、浅海は肩を竦めて竜ヶ崎を見やった。まあ、お得意様だ。「今後もご贔屓《ひいき》に」と、挨拶するのも忘れなかった。

「なに？　今のお芝居？　仕事だったたって？」

驚いている浩に笑って片眉を上げてみせた。浩は「驚いた」と胸に手を当て、ほぉ、と溜息を吐いている。

浩改造計画第三弾、「外見と肉体の次は、パーティに慣れさせて自信を付けよう作戦」。

それからお得意様ご依頼の任務完了。

一石二鳥の夜だった。

応接室に通した客に、再びカタログを前に説明をしている。

その手は相変わらず忙しなくページを捲り、飛び出る言葉も相変わらず後ろ向きだが、声の持ち主の姿は、初回の来訪時とは別人のように変貌していた。

使用前、使用後という比較ではとても足らない、まさに生まれ変わったとでも表現できそうな、浩の変わりようだった。

眼鏡を取り去り、コンタクトをはめた瞳は大きく、すっきりとした目元に形のいい眉が載っていた。白い肌に合わせた髪の色とその目元の表情が、やさしい印象を醸し出している。

黙って道を歩いていれば、その美青年振りに、人は振り返ることだろう。

ただ黙っていれば、の話であるが。

「あんまり綺麗過ぎだと、かえって嘘臭くないかな」

「そんなこともないだろう」

「普通の感じのほうが怪しまれないかも」

「その点に関しては、心配はいらないと思うが？」

「でも……」

「こっちはプロなんだから。失敗なんてさせないし、そのための綿密な打ち合わせがあるんだから。もちろん、そっちにも努力してもらうが」

「むしろ俺のほうに問題があると言いたいわけだ」

「そうは言っていないだろう。まあ、そうだとしても当日までまだ時間があるし」

「ほら今言った。『そうだとしても』って言った。やっぱり俺が問題だって」

「……浩、おまえなあ」

顧客に説明というよりは、子どもをあやしているような案配だ。ひとつ物事を決めるまで、どうしても一言二言言い返さないと気が済まないらしい。どうせ最後には浅海の意見を聞くくせに、なぜ最初から素直に「はい」と言えないものか。

浅海も浅海で、客に対しておいおまえ、とひっぱたかれそうな口のききようだ。

買い物に付き合い、ジムに通い、パーティだなんだと連れ回しているうちに、自然と出来上がった二人の関係だった。

「今のおまえなら心配はいらないと言っているだろう」

同窓会に同行させる連れを見繕う前に、まず自分の身繕いをしたらどうかという提案で、浩は浅海の予想を上回る変貌を遂げていた。絶対に変われるからと太鼓判を押し、実際人が振り返るほどの美青年に変身している。

今の浩なら、横にどんな女優を並べても、ひけをとらないと思う。せいぜいゴージャスな女性を隣にはべらせて、浅海が自慢して歩きたいぐらいなのだ。

なのに何が不安なのか、この段になってもまだグジグジと後ろ向き思考に浸っている。

「ほら、この娘は？　前に聞いただろ。いいんじゃないか？」

「うん。でも……」

「選びたい放題だぞ？　不釣り合いだなんて誰も思わない」

カタログの写真を指しながら、あれこれアドバイスを与えるが、頑として機嫌のいい声を出さないのだ。

何がそんなに怖いのか。

カタログに目を落としている横顔の、長い睫毛の影を見つめる。

「……自信ないか？」

浅海の一言に、気丈な瞳がキ、と睨んできた。

そんな子ネズミみたいな可愛い顔で睨まれても、こっちは口角が緩むだけなのだが、臆病なくせに負けん気の強い唇を尖らせて、「そんなわけない」と、言い返してきた。

「わざわざ偽物のパートナーなんか連れていかなくても、おまえひとりで行っただけでも、元クラスメートは度肝を抜かれると思うぞ、俺は」

「随分商売っ気のないことを言うんだな」

浩がひとりで行くと言えば、浅海との契約はなくなる。そんな浅海の意見を耳にした浩が、驚いたように目を見開いた。

「それならそれでもいいと思ってるよ。本当に」

顧客に満足してもらうのが何より優先なのだ。意に染まない相手を選んでも仕方がない。

「……契約破棄ってこと？　もう面倒だから自分でやれって」

小さく呟いた声が、低く、震えているように聞こえ、浅海は慌てて「そうじゃない」と否定をした。

「違うぞ、浩」

「なんでもいいから早く決めろよ、グダグダ言ってないで、って」

「思ってないって。本当だ。今の浩ならひとりでも充分いけるって、本気で思っただけだ」

懸命に説得したが、頑なな瞳が揺れている。拗ねたように唇を尖らせ、カタログのページを捲っていく。

立ち上がり、向かいの席から浩の隣の椅子に移動した浅海は、浩と一緒に女性達の写真を眺め、前よりも一層熱心に女優選びに参加した。

「この娘いいんじゃないか。ほら、華やかだし、おまえと並んだらきっと目立つぞ」

「……そうかな」

「当日の装いは弟に任せるし、あとはおまえがスマートにエスコートして、幸せなカップルを演じればいい」

「そこが問題だって思ってるんだろ」

「まあ、なんとかなるだろう」

「本当に？」

「きっとな。根性で乗り切れ」

「幸せなカップルを演じるのに根性がいるのか」

「いるんじゃないか？　特におまえの場合」

「どういう意味だよ」

「あれ？　分かんないか？　俺の思ってること」

人の心を読むんだからそれくらい分かるだろうと、浅海は戯けた表情で浩を挑発した。負けん気の強い瞳がキ、とこちらを向き、予想通りの反応を示すのが楽しくて、浅海はますます笑顔を深めた。

「どうせ。だいたいの予想は付くけどね」

「ラブラブー、幸せ～、なんて雰囲気出すの苦手そうだなって」

「……それに関しては反論できない」

「教えてやる。その辺はこっちもプロだから」

「そういうの得意そうだもんな」

「得意だな」

「言い切ったよこの人」

ようやく機嫌を直した浩と、今後の打ち合わせを進めていく。

同窓会は都内のホテルの会場を借り、大々的に行われるらしい。形式は立食で、時間は三時間程度。そのあいだ、浩はぼろを出すことなく、愛するパートナーと共に、元クラスメートに幸せな自分を振りまかなければならない。

大金を投じて、何もそこまで見栄を張ることはないだろうと、人は思うかもしれない。

だが時として、今自分が不幸でないことを見せつけたいと強く願うこともあるのだ。今の自分が満たされていない場合、或いは過去の自分が幸福でなかった場合だ。

「誰に会いたいんだ？」

「え」

「今の自分を、誰に見せつけたくてここに来たんだ？」

契約上の付き合いではあるが、こうして何度も会っていて、浩が見栄張りな性格ではないことは分かっている。自信がなく、多少捻くれてはいるが、力量以上に自分を大きく見せようなどと考える質ではないことを、浅海は見抜いていた。

それが、無理をし、演技をしてでも見せつけたい人物がいるのだ。

それが誰なのか知りたかった。

もしかしたら、浩がこれほど自分を卑下し、人前に己を晒《さら》すことを恐れている原因がそこにあるのかもしれないと思っていた。

「クラスメートの中にいるんだろう。おまえの会いたい奴が」

カタログに載った女性の写真に目を落としたまま、浩は黙り込んでしまった。長い睫毛の影を見つめながら、口を開いてくれるのを待ってみたが、浩は黙ったまま、じっと手に持った冊子を睨み続けている。

「……まあ、言いたくないならいいさ。無理にとは言わない。悪かった。じゃあ、話を戻そうか」

頑なな態度に聞き出すのを諦め、打ち合わせを続けようと話を戻した。少しは打ち解けてくれたのではと思っていたが、浅海が期待していたほどには、浩の心は開いてはいなかったらしい。

所詮顧客と企業側。浅海はサービスを提供し、浩はそれを買いにきただけだ。友達ではないのだ。悩みを打ち明けてくれれば、或いはもっと力になれるのではとこちら側が勢い込んでも、向こうが心を開いてくれなければどうしようもない。

寂しい、などと思うのは、浅海の勝手な押し付けだ。そうは思うのだが、やはり落ち込んでしまうのはどういうわけか。どうにもこの目の前の小動物に肩入れし過ぎてしまっているらしいと、苦笑が漏れた。

「……乾《いぬい》っていう友達がいて」

ポツリ、と落とすように浩が言葉を発した。

「出席番号が近くて、ほら、俺は市原でそいつが乾だったから」

小さな声で話し出す声を、黙って聞いていた。

「それで親しくなって。クラスも三年間ずっと一緒で……親友だった」

「そうか」

「うん。いや、親友だと思っていた」

「……そうか」

「うん。俺ってほら、昔からこんな感じで、あんまり人と上手くやっていけるタイプじゃなかったからさ」

ポツリ、ポツリと、浩はその頃の話をした。

中学からその高校に入ったのは自分ひとりで、誰も知り合いもなく、そんな浩に声を掛けてきて、そして親しくなったのだと。

「凄く社交的な奴で、周りにはいっつも人がいた。でも一番親しかったのは俺で、何でこいつと？　って周りも不思議がってた」

かつての親友の話をする浩は、目を細め、懐かしげな、やさしい表情をしていた。自分には一度も見せたことのないその表情に、チリ、と胸が疼《うず》く。

「俺さあ、割と成績よかったから。まあ、それしか取り柄もないんだけど。一緒に試験勉強して、課題とかも手伝ってやって。あいつ全然努力ってことをしないんだよ。楽して点取れとか言って。苦労した」

強引な友人に振り回されている浩を想像した。迷惑がりながらも、喜々として振り回されていたのだというのも、その顔を見ていれば分かる。

「利用されてんのかな、って思ったけど、でも俺は楽しかったし、あいつも『助かる』って言ってくれてたし。別にそれでもよかったんだ。ちょっと狡《ずる》いところもあったけど。……好きだったし」

ズキン、と、胸の痛みが増した気がした。

「教えてくれって言われれば教えたし、課題を手伝うぐらいなら、全然協力したんだよ。そういうことで利用されるのは構わなかったし……でも、あいつ、本当、狡くてさ」

名字の近い同級生は、試験のとき必ず浩の後ろの席にいた。努力もせずに点を取りたい乾は、浩にカンニングの片棒を担げと提案してきたという。

「小テストのときとかは、俺もときどき、見せてやってた。答案用紙をずらして、先生の目を盗んで後ろからあいつが覗けるようにして。……本当は嫌だったんだけど」

――親友だろう。頼りにしてるんだよ。助けてくれよ。

縋るように甘えてこられると、絶対に嫌だとは断れなかった。断って、関係が拗《こじ》れるのも怖かったと、浩は自嘲気味にそう語った。

本当に親友のためを思うなら、毅然《きぜん》とした態度で断ればよかった。だが、二人の間には初めから力関係が出来上がっていて、浩は逆らうことができなかった。

「あいつ、知ってたんだよ。俺の……。だから俺の言うこと聞けるだろ……って。俺が逆らえないの、知ってたんだよ。俺が……あいつに嫌われたくないって思ってんの、知ってて、それで」

浩の告白を黙って聞いた。

その告白は、親友に、親友以上の気持ちを抱いていたと、浅海には聞こえる。

「それは……あれか？　その……浩はその乾って奴に、友情以上の気持ちを持っていたってことか？」

好奇心ではない、と、自分に言い聞かせる。

友人に傷付けられれば、もちろん痛い。だがその相手に恋をしていたとすれば、その痛さは倍増だろう。

友情と恋とでは、受けた衝撃の種類が違う。

「……気持ち悪いか？」

薄く笑って、浩が言った。

「そんなことはない」

「気持ち悪いよな」

「浩。そんなことはないぞ」

「でもあいつは言ったんだよ。気持ち悪いって」

「その、乾って奴がか？」

答えないまま俯《うつむ》く顔は、うっすらと笑っている。思い出して懐かしむというより、馬鹿なことをしたという自虐の笑みで、浅海の問いを無言で肯定していた。

「卒業近くになって、あいつは推薦で大学が決まってて。その辺も要領いいっていうか。俺とは別々の学校だったけど、でも同じ都内だし、付き合いは続くだろうって勝手に思ってて」

だが、二人の付き合いはそれ以降続かなかった。利用するだけ利用し、浩はあっさりと捨てられたのだ。

「聞いちゃったんだよ。別の友達と話してるの。あいつが俺のことどう思ってたかって」

それを語る浩の表情は、どの感情も映さなくなっていた。

淡々と無表情で語る。自分のことを笑いながら語っていた親友の——親友だと信じていた男の言葉を。

「……三年間、苦痛だったって。あんな、面白くもない奴と一緒に行動するの。それに……」

——知ってる？　あいつ、俺のこと好きだったんだぜ。気持ち悪いっつうの。潤んだ目ぇしてさ、人の顔見んだよ。ゲー、って感じだよな。

笑いながら乾が戯け、周りの連中も爆笑していた。

「俺が一方的にあいつに熱上げてて、つけ回されて、困ったって笑ってた。……俺の目、怖いんだって」

面白くない奴。勘違い野郎。そう言って仲間内で浩のことを笑っていた。

ヘビのような目つき。

心底嫌そうに乾は浩の表情を語り、周りが同情の声を上げていたという。

「俺が頼んだわけじゃない。一緒にいてくれなんて、一度も言ってない。声掛けてきたのもあいつだし、俺はそんなこと、絶対にしていない」

なんて残酷なことをするのだろう。自分を安全な場所に置いたまま、相手だけを陥れる。

浅海の一番嫌いなタイプの人種だ。

そんな奴のために長いあいだ苦しみ、自信を失い、人の目に晒されることを恐れていたのか。顔を隠し、目を覆い、人の言葉の裏を読み、どれだけ心を開いて語り掛けても、それを信じることができないほど、傷付いていたのか。

「……おい。なんだよ。大丈夫か？」

顔を上げた浩が、浅海を見て怪訝な顔をした。

「なんであんたが泣いてんだよ」

浩のつらい過去を聞き、浅海は涙を流していた。頬を伝った涙がバタバタと膝に落ち、スーツに大きなシミを作っている。

「……ちくしょう」

「え」

「どうしてやろうか、そいつ」

「浅海、さん？」

戸惑った声で浅海の名前を呼ぶ浩に向き直り、涙でぐしゃぐしゃになった顔をスーツの袖で乱暴に拭いた。

「復讐してやる」

「おい」

「同窓会で見返してやるだけじゃ足りないな」

「いや、そこまでは」

「いいやっ！　俺の気が収まらない。浩、作戦練るぞ」

「なんの？」

「乾抹殺計画だ」

「抹殺って……」

「やってやる」

「いや、やるってあんた」

「絶対殺ってやる」

「嘘だろ？」

今すぐ飛び出していって、半殺しの目に遭わせてやっても構わないぐらいだった。

「ちょ、そこまで頼んでないから」

「いやしかし」

「いいんだって。俺はあいつらをちょっと見返してやりたいだけで」

「そんなんでいいのか？」

「いいんだよ」

血気に逸《はや》る浅海を、浩が必死に説得してきた。

「それだけでいいって言うのならそうするが。本当にいいのか？　なんならおまえを暴力団の若頭に仕立てて、護衛の振りして一発やるぞ？」

「そんなことしてどうするんだよ。若頭って、俺今後の同窓会に出席できなくなっちゃうじゃないか。辻褄《つじつま》合わなくなるだろ。高校の同窓会なんだぞ。両親に知れたらどうするんだよ」

「それもそうだった」

恋人ならあとで別れてしまったとか、いくらでも言い訳ができるが、暴力団は嘘の規模が大き過ぎてあとのフォローができないだろう。頭に血が上って、前後の見境がつかなくなってしまったようだ。

「とにかく、当初の計画でいいから。俺を最高に幸せな人物に仕立ててくれ」

「分かった。任せておけ。頑張ろうな」

誰もが羨むような市原浩を作り上げ、憎っくき乾にその幸せ振りを見せつけてやると、心に誓った浅海だった。


玄関のチャイムが鳴り、いそいそとドアを開けた。

満面の笑みで出迎えると、迎えられた側の浩は、まるで泥棒のような忍び足で部屋へと上がってきた。

浅海も特殊技能の持ち主だ。浩には劣るとはいえ、同じ年代のサラリーマンよりは遙か上の報酬を約束されている男のマンションは、広かった。

「へえ。随分綺麗なんだな」

「そうか？　まあ、帰って寝るだけの部屋だから、大して散らからない」

今日のために大掃除をしたことなど、微塵《みじん》も匂わせないでそう答える。

「料理とかはしないの？」

「あまり得意じゃないな。もっぱら外食だ」

整然と片付いたシステムキッチンを覗き、浩が聞いてきた。

「作りにきてくれる人はいないのか？」

「いたりいなかったり。最近は誰も来ない」

「ふうん。もてそうなのに」

「さあ。面倒なのかもな。気ぃ遣ったりするのが」

彼女と呼べるものができても長続きした試しがない。恋人と過ごすよりも、仕事に没頭していたほうが充実感を得られたし、プライベートでまで相手に気を遣うのはごめんだった。

「外、寒くなかったか？　暖房強めるか？」

「平気だ。暖かい」

「暑過ぎるか？」

「丁度いいよ」

「何飲む？　コーヒーでいいか？　冷たいのもあるぞ」

プライベートでは気を遣わないと言ったその口で、浩には気を遣いまくりである。言っていることと、やっていることの矛盾には一向に気が付かないまま、浅海は浩のリクエスト通りのエスプレッソをいそいそと淹れるのだった。

乾抹殺計画、もとい、同窓会出席のための準備と称し、浩を自宅に招いていた。浩改造計画第四弾、女性をスマートにエスコートする技の伝授、訓練といった名目だ。

以前、カタログで選んだ女優を同伴させ、どこかのパーティにでも連れていこうなどと考えたこともあったような気がするのだが、そんなものはすでに記憶のどこにも残っていない。

何をわざわざ自宅に招いてレクチャーするのかという、心の声にも耳を貸さない浅海だった。

ソファに身を沈め、浅海の淹れたコーヒーを静かに飲んでいる浩の隣に座り、その横顔を飽きることなく眺めていた。

「……なんだよ」

怒ったような口調で話す浩の耳が赤くなっている。見られることが未だに苦手な浩は、浅海の視線さえも警戒する。

「で、どうすればいいんだ？」

ん？　と質問の意味が分からず、首を傾げている浅海に、浩がまた怪訝な目を向けてきた。

「教えてくれるんだろう。スマートなエスコートっていうやつを」

「……ああ。そうだった、そうだった」

ごほん、とわざとらしく咳をして、居住まいを正した。

「立食パーティは、席に着いているのと違い、いろいろな人と話さなければならない。おまえにとっては懐かしい顔でも、彼女にとっては初対面なわけだから、常に彼女の存在を忘れないようにしろ」

「分かった」

「歩くときはだな」

立ち上がり、浩にも立てと促し、その腰に手を当てる。

「あくまでさり気なく、庇ってやるんだ。隣に並ぶというより、ほんの半歩、後ろにつくような感じで」

手を添えたまま、ゆっくりと誘導して歩く。

「椅子があってもおまえは座るなよ。教師も来ているし、あれは年配の方用だ。たまにどっかりと占領して話し込んでいる奴らがいるが、ああいうのはスマートではない」

「そうだな」

「座らせるのなら女性のほうだが、そっちは気を遣う必要もないだろう。彼女もその辺は心得ている。それに座ってしまうと動けなくなるだろう？　会場を彼女と漂っているのがいい。あくまで攻めの姿勢を崩すな。ほら、前に竜ヶ崎みれいのパーティに連れていっただろう？　あれを思い出せ」

「ああ、うん」

「ああいうパーティなんかしょっちゅう行っているんだって顔をしていろ。絶対にオドオドするなよ。常に余裕を持った顔をしろ」

浅海の言葉を、ひとつひとつ頭に刻んでいる。聡明そうな額は伊達ではない。

「談笑しているあいだも、常に彼女の存在を忘れるな。顔は相手を向いていても、足先は彼女向きで、さり気なく、腰に手を当て、五秒に一度は見つめ合え」

「忙しいな」

「自然にな」

浩の腰に当てていた手をわずかに引き寄せ、こちらを仰いでくる小さな顔に笑ってみせる。

「照れるな」

視線を泳がせるのを叱りつけた。

「向こうは連れを見て『誰だ?』と聞いてくるだろう。そういうときもすぐに答えずに余裕を持って、二人で見つめ合ってから紹介しろ。いいか。五秒に一度だぞ」

「五秒に一度」

呟くように反芻《はんすう》しながら、浩が視線を合わせるのに慣れるのを辛抱強く待った。

これができなければ、いくら綺麗な女性を連れ、恋人だと主張しても、相手に違和感を与えてしまうのだ。

「べたべたするのがアピールじゃないぞ。あくまでさり気なく、甘い雰囲気を醸し出すんだ」

「……甘い雰囲気」

おずおずと見上げてくる視線を待つ。

「ゆっくりでいいから」

浅海の胸の辺りを彷徨《さまよ》っていた視線が、少しずつ上がり、首元、顎、と徐々に上ってきた。唇を過ぎ、ゆっくりと浅海の目を捉えてくる。ようやく視線が合い、微笑んでそれを迎えると、慌てたように逸らされる。

「こら、ちゃんとしろ」と叱りつけると、浩は一旦大きく息を吐き、もう一度視線を上げてきた。

今度は逃げずに辿り着く。

浅海の視線とぶつかり、逸らすことなく見つめ続ける。緊張があるのか、長い睫毛がほんの少し震えていた。

「五秒に一度だな」

「五秒に一度だ。ほら、笑ってみろ」

そう促して口の端を引き、浅海が目を細めてみせると、僅《わず》かに開いていた浩の唇が、つられるように横に引かれていった。白い歯が覗き、浅海に向かって笑い掛けてくる。見開かれた大きな瞳は漆黒で、吸い込まれていくようだ。

腰に回した腕で引き寄せたのは無意識だった。

見つめ合ったまま、吸い寄せられるように顔を近づける。ふっくらとした唇が何かを言おうと動き、その前に、唇で塞いだ。

想像した通り、柔らかい唇だった。その柔らかさを確かめるように軽く噛む。

「……ん」

漏れる吐息に誘われ、舌先を忍ばせ中に浸入した。唇の内側を撫で、歯列の裏に舌を這《は》わせる。大人しく置いてある薄い舌を捕らえると、さっき浅海が淹れてやったコーヒーの味がした。それを味わうようにして啜《すす》ってやる。

「……ふ、んん」

抗議の声なのか、浩が喉を鳴らし、浅海の腕を摑んできた。

気が付くと、浩は浅海の腕の中にいた。長身の浅海に引き上げられ、背伸びをするようにして貪られている。

一旦唇を離し、その瞳を見つめる。

薄く閉じていた瞼《まぶた》がうっすらと開き、浅海を捉える。視線が合うと、また吸い寄せられるようにして唇を重ねた。

腰を強く引き寄せ、顎を摑み、顔を倒す。横から塞ぎ、大きく開けさせた中へと、深く浸入した。上顎の粘膜をザラリと舐め上げると、ひく、と小さく身体が跳ね、細い腰をもう一度抱き寄せる。

柔らかい髪に指を差し入れ、軽く引っ張る。仰け反る顔に被さりながら、小さな後頭部を掌で包み、撫でていた。

浅海の腕を摑んでいる指先に力が籠もる。苦しくなったのか、仰け反らせた顎が遠ざかろうとするのを許さずに追いかけた。

唾液が混ざり、くちゅ、と、微かな水音が聴こえる。宥《なだ》め、絡め取り、撫で上げ、逃げようとする舌先をあやすようにして可愛がる。

「は……ぁ」

一瞬の息継ぎの合間に、浩が声を上げる。小さく囀《さえず》るようなその声を、奪うように吸い上げた。

飽きることなく浩を味わい、奪い続ける。腰に回した手を、たくし上げたシャツの中に滑り込ませた。滑らかな肌が掌に吸い付く。ゆっくりと可愛がるように撫で、徐々に上へと滑らせていく。

細い背中にあるごつごつとした骨に指が当たったとき、その紛れもない男の骨の硬さにはっとなり、とっさに唇を離した。

唇の柔らかさも、肌の滑らかさも、想像した通りだった。

だが、腕の中にいるのは、硬い体を持つ、明らかに男なのだ。その事実に愕然となり、驚愕の表情のまま、目の前の男を見つめる。

「……あー、なんだ。諸外国のパーティに招かれたときなんかは、こういう風に振る舞うこともあるわけで」

そんなわけがあるはずもない。

「俺が行くのは日本の高校の同窓会だけど」

「そうだな」

苦し過ぎる言い訳に、浩は不審げな顔を隠さずに、浅海を見つめ返してきた。

「すまん。なんか……間違えた」

その視線を避けるようにして目を外し、取りあえず謝った。

「……なんだそれ。間違えんなよ」

怒ったような口調に慌てて「悪い」ともう一度謝ったが、次の言葉が見つからず、絶句したままだ。頭の中が真っ白で、これ以上の言葉がどうしても見つからない。

可愛らしいとは思っていた。

捻くれた性格も、口の悪さも、時間が経つにつれゲームのような楽しさに変わり、心地好かったのも確かだ。

だが。

自分の取った行動の説明がつかない。

いったい何をしてしまったのか。

頭の整理がつかないまま、唇に手を当てる。今この唇が奪ったものは、目の前の男のものなのだという事実に打ちのめされていた。

「五秒に一度ね」

「え」

我に返って顔を上げると、浩は自分のジャケットを手に持ち、帰り支度をしていた。

「なんとなく分かった。あとは本物のパートナーと練習するよ」

「ああ。そうだな」

「じゃあ、帰る。当日までのセッティング、よろしく」

そう言うと、浩が足早にリビングから出ていった。

慌ててあとを追い、玄関で靴を履く後ろ姿を見つめ、何か言わなければと頭を巡らすが、結局言葉を見つけられなかった。

ドアが閉まり、靴音が遠ざかってしまってからようやく、出ていくまで浩が一度も浅海を見なかったことに気が付いた。


よろしくお願いしますと綺麗なお辞儀をしている女性を腕組みしながら眺めている。

最終的に選んだ女優はカタログの中でもお勧めのひとりだ。

卵型の輪郭は綺麗なラインを作っていて、ふわりと肩まで下ろした髪が可愛らしさを演出している。痩せ過ぎず、かといって太ってもいない身体と、すらりと形のいい足をさり気なく自慢しているような膝上のスカートは気に食わないが、まあそこがチャームポイントなのだろうから許してやろう。

今日は薄化粧だが、パーティ用にメイクを施せばかなりの美貌になるはずだ。色が白い。でも浩のほうが化粧をしなくてもキメが細かいと思う。スッピンでも勝負できますと自慢げな薄化粧だがそんなものはただ若いからだ。

「市原浩さん、ですね」

声が甘ったるい。そんなにべたっとした声を出さなくてもいいと思う。

「よろしく」

「当日はなんてお呼びすればいいでしょうか。婚約者ってことですよね。じゃあ『浩』って呼び捨てが自然でしょうか」

「ああ。そうですね」

「じゃあ、浩。私のことは『和子《かずこ》』って呼び捨てにしてください」

浩と和子。ゴロが悪いな、などと思いながら、浅海は二人の自己紹介を仁王立ちしたまま見守っていた。

「和子よりも『カズ』がいいんじゃないか?」

「なんで?　子が付くか付かないだけの違いだろ?」

浩の質問に「俺がそう呼んでもらいたいから」と、心の中で答えながら「そのほうが親密な感じがするだろう」と答えてやった。

「どっちでも構いませんよ。じゃあ、浩、呼んでみて?」

「えっと……カズ」

「なあに?」

「やっぱり『和子』がいいな」

「どっちだよ」

すかさず意見を挟む浅海を浩が睨んできた。

「和子で。同窓会の席で甘ったるく呼び合うのもおかしい。決まりだな『和子』でいけ」

「公の席ではそう呼んでて、二人っきりになったときは『カズ』って呼んでるっていうシチュエーションはどうでしょうか」

「二人っきりのシチュエーションなどないからそれは考えなくてよろしい」

「……はい」

和子が肩を竦め、浩に向かってペロっと舌を出してみせる。浩はそれを受けて曖昧な笑顔を作っていた。

なんだその舌は。引っこ抜くぞ、ああ？

もうひとつの人格である浦安の狂犬が飛び出そうになるのを辛うじて抑え、ポーカーフェイスを保ちながら、腕組みしたまま二人の打ち合わせにいちいち口を挟んでいる浅海だった。

同窓会は二週間後に控えている。選んだ女優は今日で三人目だ。

一人目はいきなりベタベタと甘えてきたからやめにした。過度のボディタッチも下品で浩には似合わないとの判断だ。二人目は浅海の見ていないところで浩にメアドの交換を迫ったというのでクビにした。顧客に対して必要以上に親しくなろうとする行為は許されない。

公私混同など言語道断だと言いながら、顧客にタメ口をきき、あれこれ口を挟むおまえはどうなのだという突っ込みはもはや浅海の耳には入らない。

初めは女性に対して目を合わせられず、オドオドビクビクしていた浩も、三人目ともなればさすがに慣れてきたらしく、今日は真っ直ぐに和子と目を合わせ、それも気に入らない。などとは決して言えないが。

時期も差し迫り、これ以上は猶予がなかった。仕方がない、これで我慢するかと浅海も観念する。

前の二人が殊更不出来だったわけではないことも理解している。要は浅海が気に入らなかったのだ。その理由もすでに分かっている。

あれから——エスコートの特訓と称し自宅に招き、キスを交わして以来も、計画は続行されている。

浩の態度は相変わらず挑戦的なままだし、浅海もあれこれ世話を焼くのも変わらない。あのときのことを浩は何も言ってこないし、浅海もそれに乗じて何も言っていない。

ただ淡々と打ち合わせをこなし、ジムの送り迎えをし、たまには弟の店に出向き、選んだ女優と対面させこれは駄目だと難癖を付け今日に至る。

トラブルといったトラブルは発生していない。不思議なほどに。むしろトラブルの原因を作っているのは浅海のほうなのだ。

「……じゃあ、失礼して」

浅海が始めろという前から浩が勝手に和子の腰に手を回し、和子も「はい」なんて頬を染めて身体を寄せている光景に思わず飛び掛かって引き剝《は》がしたい衝動を辛うじて堪え、どっかりとソファに腰を下ろし、その様子を見つめた。

「……あんまり見つめられると、困っちゃいますね」

浩にガン見された和子が照れたように下を向き、和子おまえは仕事だろう困ることはないんだよ馬鹿野郎が！　と心の中で罵声を浴びせる。

「五秒に一度は見つめ合うそうですよ」

「ええー。忙しいですね」

ふふ、と和子が媚《こ》びた笑いをし、「じゃあ一生懸命慣れなきゃ」などと上目遣いに浩を見つめ、浩も浩で、ふ、なんて笑いながら見返している。

「なんだか浩の目って吸い込まれそう」

そうなんだよ、吸い込まれるんだよ、だからあんまり見るな。

「そう？　大丈夫。間違えてキスしたりなんかしないから」

おまえどこでそんなキザなセリフを覚えたんだと膝に置いた手が握り拳を作っていた。

「間違えてくれてもいいかも」

和子がとんでもないことを言っている。

「五秒に一度はやり過ぎだな」

と、またしても口を挟む浅海。

「あんたが言ったんだろう」

「やり過ぎだ。五分に一度、いや、三十分に一度にしろ」

「三十分に一度は寂しいですよねえ」

和子、おまえは黙っていろ。

二人の打ち合わせを監視しながら、苛立つ感情を抑えられないでいた。

計画は滞りなく進んでいる。

すっかり身綺麗になった浩は多少自信が付いたらしく、前のような挙動不審な態度はなりを潜めていた。毎日鏡で練習しろと言った浅海の助言を忠実に守っているらしい笑顔が自然に零れている。

以前はふいに、それも浅海だけに見せてくれていたふくよかな笑顔が、今は見ず知らずの和子に向けられていることにすら腹が立つ。

逆に浅海にはその笑顔を見せてくれなくなっていた。打ち合わせでも、ジムに向かう車の中でも、プールでも、浩は黙々と前を向き、浅海を見てはくれないのだ。

警戒したような浩の態度に溜息が漏れる。いきなり唇を奪ったのだ。そうなるのも無理はない。

それでも顔を合わせていれば、そのうち前のように打ち解けてくれるかと期待して、あれやこれやと世話を焼いているのだが、浩の態度は一向に変わらないのだ。

目の前では和子が積極的に浩に質問をし、浩が穏やかに答えている。お互いの持つ情報に齟齬《そご》が生じないよう、相手のことを知ることは大切だ。

だが、自分に対してはあれほど心を開くまでに時間が掛かっていた浩が、今日初めて出会った和子に打ち解けている様子を見ているのは、正直いって面白くなかった。

仕事だ、演技だと言い聞かせ、そのお膳立てをしているのが自分なのに、この状況に嫉妬している。

間違いなく嫉妬だ。

今自分が持っているこの感情がどういうところから来るものなのか、浅海は知っている。可愛らしいとは思っていた。過去を知り、同情し、仕事の域を超えた肩入れ具合だったことも自覚している。

来年三十になる浅海だ。恋の経験が全然なかったはずがない。若いときは遊びと罵られても仕方がないような付き合いもあった。

だがその相手は常に女性だったのだ。

男に惚《ほ》れる、ということはある。だがそれは、その人物の生き様、侠気《おとこぎ》に惚れたのであって、付き合いたいとか、身体に触りたいとか、キスをしたい……などと思う感情とは別ものだった。

男に対して恋愛感情を持ったことはない。

今までは。

ボクシングジムの会長も、今の会社の二見社長も、その侠気に惚れ、一生付いていきますと決心はしたが、社長の唇を奪いたいとは思わない。だいたい柔らかそうだの、肌が白くて痕が付きそうだのと考えたのは、浩に対してだけなのだ。

結局はそういうことなのだろうと観念するしかない。

唇を奪ったのは、奪いたいと思ったから奪ったのだ。社長とどんなに見つめ合ってもそんな気持ちには絶対にならない。

嘘だろ、あり得ないと頭で否定しながら、夜な夜な自宅のパソコンで、その手の情報を漁っている。目を皿のようにしてあちこち回り、得た知識は、すべて男同士がどう愛し合うのかのノウハウだったりするのだから、もはや言い逃れはできないような気がしないでもない。

笑いながら話している浩の横顔を眺めながら、我知らず口元に手をやっている自分に気が付く。ぼうっと考え事をしながら唇を触るのが最近の癖になっている。何を考えているのかといえば、思い出しているのだ。

あのときの感触を。

見つめ合い、吸い込まれそうな瞳に誘われ文字通り吸い付いた。思い描いた通りの柔らかさに夢中になり、腕の中に取り込み、奪った。

唇を合わせているとき、抵抗されたという記憶はない。もっとも、頭に血が上った状態で、よく覚えていないというのも事実だが。

三十分に一回でいいと言っているのに、浩と和子がずっと見つめ合っている。浅海はそんな二人を睨み付けている。イライラしながら。

「なんか文句あるのか？」

眉根を寄せたまま二人の様子を見ていた浅海に浩が聞いてきた。見つめ返すと、こちらを見ていた視線がすい、と逸らされる。

「いいんじゃないか。自然で」

「ふうん。それにしては随分恐い顔してたけど」

「いや。ちょっと次の仕事のことを考えていた」

表情を変えないまま、まるで考えていない言い訳を平然とする。人の心を読む浩なら見破りそうなものだが、今の浩は浅海の心を読もうともしていないらしく、ふうん、と興味のなさそうな返事をするだけだった。

「浅海さん、忙しいですもんね。これから二人で外へ出てみない、って相談しているんですけど」

「ああ、そうだな」

会社の応接室だけではどうしても面接、打ち合わせといった雰囲気になってしまう。打ち解けるためにはそれもいいかもな、と、浩のほうへ顔を向け、どうする？　と目で聞いた。

「うん」

少し迷うような浩の返事に、不安なら付いていってやろうか、とつい言いたくなる。

「本番まで時間がないですし、今日から毎日デートして慣れていこうって」

和子が余計なことを提案した。

どうする？　ともう一度目を覗くが、また逸らされてしまった。

「……行ってきなさい。俺は次の仕事の準備もあるし。あとは二人で決めたらいい」

顔を見なければ見ないで心配で仕方がないが、一緒にいるあいだ中拒絶の態度をとられていては、浅海も居たたまれない。

「自信を持て。お似合いだぞ」

浅海の言葉に和子が笑顔で浩の腕に自分の腕を絡めた。浩は曖昧に笑って、そんな和子をやさしく見返している。

出ていく二人を見送りながら、これからの二週間、俺は爆発せずに二人を見守ってやれるのかと自問自答し、また唇に手を当てていた。

会場は華やかな雰囲気に包まれていた。

着飾った人たちが、あちこちで小さな固まりを作り、お互いの素性を確かめ合い、懐かしみ、学生に戻ったような幼い嬌声《きょうせい》を上げ、笑い合っている。

開会の挨拶のあと、招かれた恩師たちが謝辞を述べ、乾杯と共に始まった同窓会も、最初の興奮が収まってきている。懐かしい顔と対面し、あらかたの挨拶をし終えた人々の動きが緩やかになり、やがてそれぞれ気の合った者同士が固まり、近況を報告し合っていた。

空いた皿やグラスを片付け、料理の補充の指示などを出しながら、浅海はタイミングを計っていた。主役は絶妙のタイミングで登場しなければならない。

ホテルバンケットのスタッフチーフとしてこの会場を仕切っていた浅海《あさみ》は、場の雰囲気が落ち着くのを待ちながら、静かに如才なく溶け込んでいた。

そろそろだな。

耳に付けたインカムに向け、小声でゴーサインを伝える。

会場の入り口のドアが開くと、談笑をしていた人たちは、誰がやってきたのかと、視線をそこに移していった。

開かれたドアの中央に、カップルが立っている。

落ち着いた表情でゆっくりと会場を見回したあと、隣に佇《たたず》む女性に目を向け、にっこりと笑い掛け、それから会場の中へと入ってきた。

上品なデザイナーズスーツは明るめのグレーで、スッキリとした痩身に似合っている。薄青のシャツに細かいドット柄のネクタイは、パーティらしく華やかだ。

弟と浩《ひろ》と浅海との三人で、ほとんど言い争いをしながら選んだ今日の衣装だった。その甲《か》斐《い》あって、浩の出で立ちは、この会場にいる誰よりも洗練され、それでいて気負ったところのないおしゃれ感が醸し出されていた。

隣にいる和子《かずこ》も、嫌みなく楚々《そそ》として寄り添っている。毎日デートをした二人は、今が幸せの絶頂だと言わんばかりに満面の笑みを浮かべて立っていた。

まるでドラマの主役のようなカップルに、会場中が注目した。衆人の見つめる中を、臆することもなくゆっくりと歩を進め、かつての恩師に挨拶をしている二人を、ざわめきが囲んでいく。柔らかく微笑んでいる浩は、実に堂々としていた。

「先生。ご無沙汰しています」

挨拶を受けた教師は、ポカンとした顔で椅子に座ったまま見上げていた。

「……あの。市原《いちはら》です。市原浩ですけど。先生覚えていませんか？」

「……ああ。君、市原君か」

かつての担任の声に、周りのざわめきが大きくなった。

浩は可笑しそうに肩を竦め、隣の女性に「ほらね。俺は学生の頃、本当に目立たない存在だったんだよ」と、照れたように言うのだった。

「いや、そんなことはない。そんなことはなかったが……市原君」

先生が慌てたように取り繕っているが、やはり驚きは隠せないようで、まだ呆然としたまま二人を見上げていた。

「彼女が信じてくれないんですよ。本当、俺は高校時代、冴《さ》えなかったんだよって。ね、信じてくれた?」

見つめ合い、悪戯を告白するような浩のセリフに、彼女も悪戯っぽくふふ、と笑い、寄り添っている。そんな所業は教えていないというのに、和子が浩にそっと耳打ちをし、浩はそれを受けて耳打ちをし返したりしている。

「……お飲み物は如何でしょうか」

ズイ、とトレイを浩の前につき出し、浅海はドリンクサービスをしてやった。

一旦目を上げた浩は、「ああ」と鷹揚《おうよう》に頷《うなず》き、浅海が教えた通りに、まず彼女の飲み物を聞き、それから自分の分を手に取った。

恩師への挨拶が済み、会場の中央へとやってきた浩たちは、たちまち囲まれた。皆驚きの声を上げ、好奇心いっぱいの目を向けてくる。

そのひとつひとつに余裕を持って応えている浩は、間違いなく今日の主役だった。

打ち合わせ通りに事は進んでいく。同窓会に出向き、過去の自分を払拭し、驚かせたいという、浩の依頼はこの段階で、半分は達成されていた。

女優を決め、今日の出で立ちを選び、練習もした。少しでもぼろが出ないように、細心の注意を払い、浅海はホテルスタッフとして潜入するという荒技までやってのけた。

にこやかに立つ横顔は、自信に溢《あふ》れ、目を止めずにはいられないほどの輝きを放っている。隣に寄り添っている和子などいらないほどに。三十分に一度でいいと言ったのに、何故か五秒ルールを守っている。

グラスを運びながら、さり気なく二人の様子を観察し、些細《ささい》なことも見逃すまいと、浅海は油断なく会場を回っていた。

二週間、結局浅海は遠巻きに二人を見守るしかなかった。毎日デートをしている二人について歩くのもおかしな話だったし、行けば行ったで絶対邪魔をしただろう。

連絡先の交換をしたであろうことは分かっていたが、それを問いただして悪いかと反論されたらぐうの音も出ない。ヤキモキしながらも、今日の成功を考えれば仕方のないことだと諦めた。

それでもホテルの会場にスタッフとして潜入すると告げたとき、浩がホッとしたような表情を見せたことが唯一の支えだった。たったそれだけで、死んでも成功させてやるぞと意気込む自分を滑稽だと思うが止められない。

社長に頼み込み、ホテルのバンケットサービスの契約ごともぎ取ったのだ。宴会担当の支配人がかつての顧客だったのが功を奏した。絶対に使ってはいけない裏技、つまりは顧客の個人情報を楯《たて》にするという強引なことをやってのけたのも、すべては浩のためだった。

相変わらず浩の浅海に対する態度は頑なだ。自分で蒔いた種とはいえ、これには堪えた。だからといって、通り一遍の距離を置いた付き合いなどできない浅海だ。

今日の会が終われば浩との関係も終わってしまう。なんとか以前の打ち解けた仲に戻りたいと願い、こちらから頻繁に連絡を取り、困ったことはないか、何か不安はないかと心を砕くが、浩は「別に」と淡々と答えるだけだった。

決行の日。それは浩と一緒にいられる最後の日でもあった。

目の前にいる浩は二ヶ月前の姿など想像すらできないほどに変貌している。それが誇らしく、嬉しく、そして寂しかった。

今日が終わったらどうするか。

顧客でなくなった浩にどう連絡を取るべきか。終わったからと言ってすぐにジム通いをやめるのはどうかとか、いっそ和子をダシに誘い込もうか。会社のコンピューターシステムに難癖を付け、浩を紹介して、今度はこちら側が依頼者になるのはどうだろう。

グラスを運びながら、次に立てるべき作戦に余念のない浅海だった。


「遅れましたぁっ！」

突然上がった華やかな声に、浅海の思考が中断された。声のしたほう、入り口付近に目を向けると、男がひとり立っていた。

髪を後ろに束ね、比較的ラフな格好をした男は、大袈裟な身振りで近くにいる人に話し掛けている。気軽な出で立ちだが、センスはそう悪くない。隣に女性を伴っているようだが、まるで彼女の存在などないように派手な声を上げて笑っていた。

浩を囲っていた人びとも、その嬌声に一斉に振り向いている。

男はいちいち大袈裟な声を上げながら、会場の中へと入ってきた。誰かが「あいつ乾《いぬい》だ」と言ったのを聞き、こいつかっ！　と持っていたトレイを放り投げ、飛び掛かりそうになった。

主役は遅れてくるものと思い込んでいるのが姑息《こそく》だ。

自分の立てた作戦のことなど忘れてそんなことを思いながら、浩のほうへ目を移すと、浩は真っ直ぐに乾を見つめていた。

親しかったと思われる連中が乾を囲っている。どうするかと見守っていたが、浩は動かず、何事もなかったようにそこにいた人とまた談笑に戻っていた。

派手な登場を遂げた乾は恩師に挨拶にも行かず、その場でダラダラとしゃべっている。同伴の女性は置き去りにされ、退屈そうに周りを見回していた。

入ってきたときは注目され、一瞬人に囲まれた乾だが、しばらくすると人はバラけていった。

浩は余裕の表情で和子を伴い、次々とまた人に囲まれていた。名刺を交換し、請われて一緒に写真を撮られている。浩とツーショットで写りたい女性が列を作り、アイドル並みの扱いだった。和子は鷹揚に笑ってそれを許している。

勝った。

浅海は心の中でガッツポーズをした。

学生時代は浅知恵で人気を取っていたのだろうが、社会人になった今はそんなものは通用しない。洗練された格好をしていても、中身が薄いことは一目瞭然だった。

二人を比べれば、今の浩のほうが見た目も中身も遥《はる》かに上なのは、浅海だけの思い込みではないことを、周りの人たちが証明していた。

せっかく遅れて登場したのに、思うように注目を集められなかった乾は、人の流れを注意深く観察し、浩に目を止めた。首を傾《かし》げ、あいつは誰だろうと考えているようだ。

乾の鋭い視線に気が付かないようなおっとりとした物腰で、浩は談笑している。和子が先に気付き、浩に耳打ちをしてから初めて顔を上げた。

「……あれ？　おまえ……浩？」

「久し振り」

近づいてきた乾に、浩が笑顔を向けた。懐かしそうに目を細め、浩が笑っている。その笑顔が演技なのかどうかは分からない。乾は絶句したまま浩を見つめていた。目を見開いたまま、驚きの表情で浩に見入っている。

「お飲み物をどうぞ」

浅海が声を掛けると、乾は我に返ったようにこちらに顔を向け、トレイに並んだグラスのひとつを受け取った。

自分からは用はないというように、そのあいだに浩は和子を伴いその場を離れていく。それでいい。こんな奴の相手なんかするんじゃないぞと、茫然《ぼうぜん》と置いていかれる乾を小気味いい思いで観察していると、グラスに一くち口を付けた乾が慌てて二人を追いかけ、馴《な》れ馴《な》れしく浩の肩を叩《たた》いた。

「え、なに、本当に浩かよ。吃驚《びっくり》だ」

乾は大きく手を広げ、それから隣の女性に目を移した。

「え？　え？　あれ？　もしかして、奥さん？」

最初に浅海の教えた通り、浩は律儀に五秒ルールを守り、それから「いや、まだ奥さんじゃないけど、ね」と、もう一度彼女のほうに視線を向けている。すげえすげえと、大袈裟に騒いでいる乾に、浩はまったく動じる様子もなく佇んでいた。

派手な声を上げて驚いて見せる乾が白々しい。後ろで一緒になって笑っている連中は、乾の悪意にまみれた浩に対する嘲笑を、あの頃一緒になって笑った野郎どもか。

「今なにやってんの？」

乾の質問に浩が名刺を出している。

「うへえ！　社長じゃん。すげえ！」

浩とおない年の二十四なのだから仕方がないとはいえ、その驚きようが下品で思わず眉が寄る。

こんな奴のために。

浩がどれだけ傷付き、長いあいだ引きずっていたのかと思うと、涙が出そうだ。

「すみません」

背中に声を掛けられ振り返った。乾と同伴していた女性が、浅海の持つトレイを見つめていた。

「どうぞ。お好きなものを」

穏やかな声でトレイを女性の前に差し出して選ばせた。腸はモツ煮ができそうなくらい煮えくりかえっていたが、訓練された表情は微塵《みじん》もそれを現さない。乾は自分のグラスを持ったまま、女性のことなど見向きもしないで浩に話し掛けている。

「アルコールがいけるのなら、これが美味しいみたいですよ」

置き去りにされている女性に、浩が和子と同じ飲み物を勧めた。笑い掛けられた女は、ぽーとして浩を見つめ、渡されるままドリンクを受け取った。

見つめられるのは慣れているのですよというように、浩は女の視線をおっとりと受け止め、和子のために新しいグラスを取ってやっている。実にスマートなエスコートぶりだった。

見たかっ！　乾、どうよこの洗練された男っぷり！　おまえなんか逆立ちしたって真似ができないだろうが、あぁ？

恭しくトレイを下げながら、誇らしくて仕方がなかった。

「乾の、彼女？」

にこやかに聞く浩の表情は変わらない。

「ああ、まあ今んところそんな感じ」

今初めて彼女の存在を思い出したような乾の返事に「そう」とやはり笑ったまま相槌《あいづち》を打っている。

「こいつ、高校んときの俺の親友」

いけしゃあしゃあと浩のことを紹介している乾の言葉にも変わらず笑っている。

そんな浩の代わりに乾の胸ぐらを摑《つか》み上げ、揺らし、殴りつけ、地に這《は》わせたい衝動を必死に堪えた。

「こいつ高校のときからすげぇ頭よくてさ。俺も随分助けてもらったんだ」

な、と気安く浩の肩に手を回す乾。

どの口でそんなことを言っているのか。浩の心情など斟酌《しんしゃく》することなく、乾がベラベラとしゃべり続けている。

「しかも社長だぜ？　すげえよな」

おまえが自慢することはなかろうがっ！

躓《つまず》いた振りをしてドリンクをぶっかけ、ついでに持っているトレイで横っ面を張り倒そうかとタイミングを見計らっていた。着替えを……と、別室に連れ込んで、二度と会場にも浩の前にも顔を出せなくなるほどの恐怖を味わわせてやってもいいと思う。

相変わらずすげえすげえと騒ぐ乾。その騒ぎようが大袈裟で白々しい。「シャチョー」「シャチョー」と乾が言う度に、その価値までが下がっていく。まるで馬鹿にされているような、軽薄な声音だった。

「青年実業家ってやつだよな、今流行《はや》りの」

浩から受け取った名刺をピラピラさせながら乾が言う言葉には、トゲがあった。

「今どきはパソコンひとつあって届け出さえすりゃ、会社も立ち上げられるもんな。で、従業員は何人？」

「……いや、個人経営だから、俺ひとりだよ」

やっぱりな、というように、乾が鼻で笑っている。浩は変わらず穏やかな顔で乾を見つめたままだ。

「石投げりゃ社長に当たるってな」

……そうきたか。

自分よりも格下だと見下していた友人の、自分のほうが上だと馬鹿にしていたクラスメートの成功を、素直に喜べないちっぽけなプライド。

経営者といったってどうせ大したことはないんだろうと、乾の目が嗤《わら》っている。

取引先の名称や、年収を聞かせてやれば、乾だって度肝を抜かれるだろうが、そんな子どもじみた自慢をするほど、浩も浅海も馬鹿ではない。社交辞令よろしく「大したことはありません」と言いながら、実は大したものなのだということを、乾は絶対に認めたくないのだろう。浩が曖昧に笑っていることに乗じ、ネチネチと嫌み混じりの賞賛で憂さを晴らしているというわけか。

浩の変貌に驚き、見返してやるだけならここで終わるはずだった。だが、乾はしぶとく浩を傷付けようとする。

浅海は静かにその場から離れると、インカムに向け、もう一度小声で指示を出した。

売られた喧嘩《けんか》はきっちりと買ってやろうじゃないか。

釣りの用意はあるんだろうな。

浅海と入れ替わるようにして、ボーイが浩に近づいていく。今日はホテルの従業員として、きちんとした制服を着こなしている部下の佐々木《ささき》だ。

「市原様でいらっしゃいますか？」

佐々木が浩に話し掛けている。

「別のレセプション会場のお客様なのですが、市原様がいらっしゃるということで、是非ご挨拶をしたいとみえています」

佐々木に誘導され、浩と和子がこちらに歩いてくる。

入り口付近に待機している「客」に、浅海はそっと目配せをした。悠然と待っているその「客」は、妖艶な微笑みで、小さく頷いた。

「……あれ、『竜ヶ崎《りゅうがさき》みれい』じゃない？」

入り口に立つ女性を認めた誰かが囁《ささや》き、どよめきと共に、会場中の視線が一斉に集まる。

ハリウッドに進出し、今やテレビを点ければ彼女の顔を観ない日はないという、誰もが知っている大女優が艶然と立っていた。

浅海のお得意様である彼女に、一肌脱いでくれと頼んでおいたのは、浅海の独断だ。悪戯好きな女優は、面白そうだと乗ってきた。

二重三重に策を練り、あらゆる事態を想定した。何としても今日の浩の舞台を成功させたい一心だった。

いつもお世話になっているからと、浅海の依頼を快く承諾してくれた竜ヶ崎だったが、「お礼は食事で」との交換条件を出してくるのも忘れなかった。気は進まないが背に腹はかえられない。浩のためだと、一度食事に付き合った。その見返りの、今日の特別出演なのだ。

佐々木に連れてこられた浩が、茫然と浅海の隣に立つ女性を見つめている。予期せぬオプションに戸惑っている様子だ。

「……そのまま。黙って笑っていろ」

浩だけに聞こえる声で、任せろと請け合う。相手はプロの役者だし、自分も付いている。何も心配はいらないのだと、力強く励ました。

「市原さん。お久し振りです。こちらにいらしていると伺って」

竜ヶ崎がおっとりと浩に挨拶をしている。たった一度の面識ではあるが、この際どこで知り合ったかなどという詳細は関係ない。世界的とも呼べるＶＩＰと繋《つな》がりがあるという事実だけで十分だ。

「ごめんなさいね。勝手に乱入してしまって」

竜ヶ崎が申し訳なさそうに周りを見る。芝居がかった仕草だが、視線を送られた連中が息を呑《の》む様子が窺《うかが》えた。

「でもどうしてもご挨拶だけでもと思って」

浅海の言うことを守り、黙ったまま笑顔を作っている浩に、女優は一方的に挨拶をしているだけだが、その声音には浩に対する敬意がはっきりと示されていた。さすがプロなだけはある。

それどころか、まるで浩に恋い焦がれているような、熱い眼差しを送っている。

「お会いしたかったんですのよ……浩さん」

やり過ぎだろうが、と思ったが、ここで飛び掛るわけにもいかず、芝居の進行を見守るしかない。隣に寄り添っている和子が浩に腕を回し、その胸を浩に押し付けた。

おまえが受けて立つことはないんだ、和子。

「今日は何のパーティですの？」

竜ヶ崎が優雅な仕草で会場をゆっくりと見回す。光り輝くようなオーラに、周りはまったく動かない。

浅海にとって、あまり好みのやり方ではなかった。だが、好む好まざるに関わらず、この手は即効性があり、尚かつ絶大な効力を生むのだ。特に乾のような連中には。

虎の威を借る、とはよく言ったものだが、こういった状況が、人の価値感を左右するということを浅海はよく知っている。

高校時代の冴えなかった浩の姿を覚えている者は、今いくら成功したといっても、過去の浩をやり玉に挙げ、馬鹿にする要素を持っている。乾のように。それを払拭するには、さらに巨大なバックボーンを付けてやるのが効果的だった。

現に周りの浩を見る目は明らかにさっきとは変わっていた。あの有名人がわざわざ挨拶にくるほどの人物だったのかと、もうひとつ浩を見直し、羨望の眼差しを向け、二人のやり取りを見守っていた。

「今度のパーティには是非私と出席してくださいね」

竜ヶ崎に見つめられた和子が、浩にしがみつくようにして見返している。浅海の意図したものとは少しズレた芝居運びになってきているが。

「『しろい犬社長』のパーティにはおいでになるんでしょう?」

竜ヶ崎の問いに、浩は行くとも行かないとも答えていないが、その企業の名前を聞いた周りでは、どよめきが起こった。世界一のシェアを誇る携帯端末を売るその名を知らない者は、ここにはいなかった。

SPよろしく大女優の身の安全を守る振りをしながら、浅海は浩がボロを出さないよう側に付いていてやり、周りに目を配っていた。少し離れたところで、乾がポカンと馬鹿のように口を開け、こちらを眺めているのが見えた。

「では、市原さん。また是非お会いしましょう。今日はご挨拶ができてよかったですわ」

女優が演技を終え、ゆっくりと舞台から降りていく。

軽く握手を交わし、竜ヶ崎の背中を見送る浩に「……聞かれたら、個人的なことなので、と言葉を濁せ。何も説明するんじゃないぞ」と、浅海は小さく助言をした。

竜ヶ崎が去り、遠巻きに眺めていた人びとが、わっと浩を囲んだ。

先頭にいるのは乾だった。

矢継ぎ早に飛んでくる質問に、浩は少し戸惑ったようにしている。突然の乱入者に、自分もわけが分からないという態度は不自然ではない。和子も上手くフォローをしてくれているようだ。今日初めて和子が役に立ったと思った浅海だった。

さっきの浩を揶揄《やゆ》した態度など忘れたように、乾が興奮してしゃべっている。現金なものだ。浩の肩を抱き、離そうとしない乾にトレイを投げつけようかと思った。

乾もまた虎の威を借ろうとしている。こいつは俺の親友なのだと周りに振りまき、自分の価値を上げようとしているのが丸分りだった。

「乾。悪いけど他の人にも挨拶をしたいから」

浅海が手を下す前に、浩はあっさりと乾との会話を切り上げ、和子を伴ってその場をあとにした。乾の後ろで自分も名刺交換をしようと待っている者もいたし、話し掛けたそうな素振りで立っている女性の集団も佇んでいる。

またしても置いていかれそうになった乾が慌てて後ろを付いていく。囲まれる浩の側で、浩の言葉尻を捕らえては大袈裟な身振りで自己主張している。自分が主役にならないと気が済まない質らしいが、上手くいかずに空回りをしている様子が失笑を買っていた。必死に食らい付いている姿が痛々しいほどに滑稽だった。

浩の行く先々に人が集まり、やがて乾は少しずつ外側へ、外側へと追いやられていった。引き際の分からない男は、強引に輪の中に入ろうとしてははじき出され、最後には取り残された状態でひとりポツンと料理を頬張っていた。

馬鹿な奴だ。

大切にしていればよかったものを、自分から手を離し、傷付けた。ぞんざいな扱いをし、利用するだけ利用して捨てたものは、得難いほどの逸材だったことを、今頃痛感していることだろう。

「すみません。お願いしていいですか？」

写真を撮ってくれと頼まれ、穏やかな態度を崩さないまま、浅海はにこやかに応対した。ひとつ撮ると、我も我もとカメラを持った人達が列を作り、浅海は忙しく渡されるカメラで写真を撮り続けた。

「次、こっちも頼みます」

分かりましたと、次の団体から受け取ったカメラを覗《のぞ》いたら、ファインダーに浩が映っていた。

あ、可愛い。

と、そこだけに焦点を合わせていると、隣に立っていた乾が浩の肩に腕を回した。いつの間にか、また浩にこびりついていたらしい。

「……行きます。一、二、三」

能天気にピースサインをしている乾の顔が切れて撮れていたのは、言うまでもない。

バックミラーをチラチラと覗き、後部座席に座っている浩の様子を窺う。気を張って疲れたのか、浩はぼうっとしたまま窓の外を眺めていた。

会場のホテルを出たあと、和子を最寄りの駅で降ろし、浩の住むマンションまで送り届けるところだった。

「疲れたか？」

「ああ、うん、まあな」

「頑張ったもんな。上出来だった」

「そう？」

「ああ。大したもんだ」

目論《もくろ》み以上の結果を得られたと、浩の今日の頑張りを褒める。

同窓会の主役の座を独占し、浩はその役を見事に演じきった。エスコートも期待以上に流麗で、思わず本気で好きになりそうでした、という和子の感想にはきっちり釘を刺しておいたが。

作戦としては大成功といえただろう。

なのに、後ろに座っている浩の表情が、疲れとは別の憂いを含んでいるようで、それが気になった。

「どうした？」

ハンドルを握りながら声を掛けるが、浩は「ああ、うん。別に」と、気の抜けた返事を寄越すだけだった。

来客用の駐車場に車を止め、浩と一緒に車から降りた。疲れた足を引きずるようにして歩く浩のあとを黙って付いていく。エレベーターに一緒に乗り、壁に凭《もた》れたままの浩の代わりにボタンを押した。昇り始めた箱の振動で、自分の目指す階の数字を確かめようと目を上げた浩は、そこで初めて浅海の存在に気付いたようだった。

「なに？　なんでここにいるの？」

「悪いか」

驚いたような浩の言葉に、ムッとする。

「疲れたか？」

「ああ、うん。まあね。じゃなくて、なんでついてくるんだよ」

「話を聞いていない」

「話って」

「どうしてそんなに落ち込んでいる？」

「落ち込んでなんか……」

「落ち込んでるだろう」

迷惑そうな声音にますます硬い声が出てしまう。

そうじゃないのに。

頑張った浩を労ってやりたいだけなのに。

まるで浅海の存在を疎んじるような態度に、引くに引けない心境に陥っていた。

「あいつ、なんて言ってた？」

「なにが？」

「あいつだよ。乾の反応。どうだったんだ？」

「……ああ。吃驚してた」

「そうか」

エレベーターのドアが開き、部屋へと続く廊下を歩く後ろを尚も付いていく。

「二次会に行きたかったか？」

「いや」

「随分しつこく誘われていたじゃないか」

鍵を出し、ドアに差し込む浩に話し続けた。

会が終わりに近づいたとき、乾はしつこく浩を二次会に誘っていた。別れの握手をし、乾はその手をなかなか離さなかった。それ以上浩の手を握り続けるなら、鉄拳を喰らわすぞと身構えていた浅海だった。

入れとも帰れとも言われなかったが、当然のようにドアの内側に入り、浩と一緒に靴を脱いだ。浅海の強引な行動に、何かを言おうとして、次には諦めたように溜息《ためいき》を吐き、浩は部屋の中へと入っていく。浅海も黙ってそのあとに続いた。

リビングに入り、気怠そうにジャケットを脱いでいる浩に無言で手を差し出すと、浩は一瞬怪訝《けげん》な目を向けてきたが、素直にそれを渡してきた。

居間というより、仕事場を兼ねていると思われる部屋は、パソコンの置かれた事務所のような机と、そこで飯を食べているのだろう小さなダイニングテーブルと椅子が一脚、あとは来客用とも思えない、これも一人掛けのソファがあるだけだ。

広い部屋の一角だけを使ったような家具の配置がなんとなく浩らしくて、我知らず笑みが漏れる。無機質な家具の存在と、クリーム色のラグの上に置かれたソファが少しだけ不似合いで、仕事の合間にほんのひととき、このソファで休む浩の姿を想像した。

部屋を見回し、壁に備え付けてあるハンガーラックに、渡された上着を掛けながら、「大成功だったな」と、殊更に明るい声を出し、浩の気を引き立たせようと試みた。

「頑張った甲斐があった」

今日のために頑張ったのだ。頑張って、頑張って、心配して、見守って。

それも今日で終わりだ。

せめて今日ぐらい、俺にも笑顔を見せてくれよと、精一杯明るい声で語り掛ける。

だが浩はそのあいだ、一人掛けのソファに身を沈め、静かに何かを考えているようだった。

「……後悔しているのか？」

一人掛けのソファでは、隣に腰掛けるわけにもいかず、側にあった椅子をずらし、向かい合うようにして浅海も腰を下ろした。

浩は浅海の質問に、意味が分からないというような曖昧な表情を浮かべ、小さく首を傾げた。

「同窓会。出席したことを、後悔しているのか？」

もう一度聞くと、浩は一瞬考えるようにして宙を見上げ「そんなことないよ」と笑った。

見栄を張るためだけに出席したわけではないことは知っている。短い付き合いではあるが、浩の性格は分かっているつもりだ。本来なら、同窓会の通知が来たとき、行くことを迷ったのではないだろうか。いや、むしろ行きたくないと思っただろう。

だが、浩は行くことを決心した。

行くからには今のままでは嫌だ。あの頃とは違う幸せな自分を演出して、乾の前に現れてやろうと、そう思ったのだろう。だから浅海は全力で協力したのだ。

だが、その根底には、あの乾という男に、浩は会いたかったのではなかったか。自分を利用し、馬鹿にし、あっさりと捨てた男を見返してやりたい。そう思う裏には、あの男に見直されたいという気持ちがあったのではないか。

「案外あっけないもんだなって思ってさ」

可笑しそうに、浩が話し出す。

「みんな『誰？』って感じで俺たちのことを見てて、乾が『おまえ、浩？』って寄ってきてさ」

それは浅海も見ていたから知っていた。「あの市原がなあ」と、周りも呟《つぶや》いていた。

あの頃の浩は、人の中に埋もれ、乾と一緒にいるときだけ存在しているようなものだったと語っていた。

目論みは成功した。今の浩を馬鹿にする者は誰ひとりいない。

「なんかさ。俺、何やってんだろう、って……」

両手で顔を覆い、その手でゆっくりと擦りながら、浩が言った。

「あいつ、乾が『凄《すご》いな』って、ずっとそう言ってた。凄い凄い、って、喜んでくれて。

……本当は全然凄くなんかないのに」

一人掛けのソファに身体を埋めるようにして、浩が小さく笑う。

「馬鹿みたいだ。あんなに気負って出掛けていって。それにあの女優。なに？ 吃驚した」

「ああ、突然で悪かった。だけど上手くいっただろう。おまえだってまるっきり知らない相手じゃないし。嘘は吐いていない」

「そうだけどさ」

無断でオプションを付けてしまったのが気に入らなかったのか。だが、あれはあれで大成功だったと浅海は思っていた。乾の嫌みもあれで吹き飛んでしまったのだから。

「だってさ。馬鹿だと思わない？　普段の俺見たらあいつらなんて思うんだろうな」

「今のおまえだっておまえじゃないか」

多少の演技があったとしても、今日の浩は努力をし、それをものにした本物の浩だ。堂々とかつての親友と挨拶を交わしている姿を見て、浅海は誇らしかったのだ。

狙っていた主役の座を奪われ唖然《あぜん》としている乾に、見ろ、おまえが馬鹿にした男は、立派に成長しておまえなんかより余程上等な人間になったんだぞと言ってやりたかった。

「髪の毛染めて、こんな……服着て」

シャツを摘《つま》んでみせながら、浩が笑っている。

「全然知らない女の人を隣に連れて、嘘の笑顔で幸せな振りなんかして」

「浩」

「馬鹿馬鹿しいな」

そんな風に言うな。

「五秒に一度見つめ合え、なんて、笑っちゃうよな」

そんな風に言われたら、浅海の協力が、浩自身の努力が、すべて無駄だったのだと後悔しているように聞こえるじゃないか。

「馬子にも衣装、ていうか、それ以下だよな。猫がライオンの着ぐるみ着て、粋がるんじゃないっていうの。後ろにチャック見えてるんだよ。お笑いだ」

浩のために心を砕いてきた、浅海の気持ちも、すべて無駄だったと言われているようじゃないか。

「あーあ。なにやってんだろ。馬鹿馬鹿しいにもほどがあるよな」

顧客に満足を。望んだ以上の成果を約束するのが浅海の仕事へ対する姿勢だった。

「おまけに大女優とか連れてきて」

ときにはこちら側からシナリオを仕立て、余計なお世話的なオプションが付いてしまったこともある。

「あんただってこんな馬鹿らしいことに付き合わされて、内心笑ってたんだろ?」

「そんなことはない」

だが、今まで一度もクレームを受けたことはない。訪れた顧客は皆満足し、感謝をしてくれた。報酬を得ることは第一条件だが、それ以上の充足感を得られる瞬間こそが、自分がこの仕事に就いて心底よかったと確信できる、最大の喜びだったのだ。

「そうだって。……やらなきゃよかった。こんな小芝居」

今日のために頑張ってきた。頑張って、見守って、心配して。ここ数ヶ月、ずっと浩のことだけを考えてきた。

「まあそれも今日で終わりだし」

「……終わったな」

「うん。ご苦労さん」

やはりこちらを見ないままの、おざなりな労いの声を聞き、静かに立ち上がった。

「ご満足頂けなかったようで、申し訳ありませんでした」

そして、ゆっくりと腰を折り、詫《わ》びた。

「差し出た口を挟み、余計なことまでしてしまい、ご不快にさせてしまったことを、深くお詫びいたします」

「浅海さん？」

よかれと思ってしたことだ。自信なさげなこの可愛い小動物に、自信を付けてやりたかった。着飾ることを勧め、実際変わっていった浩を見て、自分が変えてやったのだという驕りがあったことは確かだった。

浩も喜んでくれたと思っていた。

反発しながらも、最後には浅海を頼りにしてくれていると、有頂天になり、張り切り、結局は空回りをしていたわけだ。今日の浩の姿を晴れがましく眺め、乾に勝ったと勝手に優越感に浸り、ざまあみろと心でガッツポーズをしている裏で、当の浩は馬鹿らしいと冷めた心でいたらしい。

やらなきゃよかったという浩の言葉が、鈍く、深く、身体に浸透していく。

浩が馬鹿らしいと言うのなら、そうなのだろう。浅海のしたことはすべて、余計なお世話だったのだ。

「料金ですが、当初の契約通り、出演女優のギャラのほうはお支払い頂きたいと存じます」

「ああ、それはもちろん」

「その他の経費ですが、こちらは今回サービスということで、差し引かせて頂きますので」

「そんなのいいよ」

「いえ。全部こちらで勝手にやったことですので」

「違うって」

「それから衣装、ヘアメイクのほうも結構です。こちらで支払わせてください」

「何言ってんの？　これは別だろう。そんなこととしてもらう筋合いないし……」

「俺からのプレゼントだと思ってくれ」

ソファに座ったまま、困惑した顔をしている浩に、笑い掛けた。

「馬子にも衣装とは思わないぞ。あんまりそう自分を卑下するもんじゃない」

弟と喧嘩をしながら選び、相変わらず難癖を付けながらも、最後にはやはり浅海が選んだスーツを、浩は今日着てくれた。晴れの舞台に最高の装いで送り出してやりたかった。会場で談笑する姿は、誰よりも輝いて、大声で自慢したいほどだった。

「本当に似合ってると思う。嘘じゃないぞ」

今着ている淡い空色のシャツも、よく似合っている。目を細め、笑顔を作り、そう言った。浩に対して、今まで嘘を言ったことはない。人の言葉の裏を探る、この捻《ひね》くれた依頼主に、精一杯の本心を告げてきたつもりだ。

「では、明細と一緒に請求書を送りますので、お振り込みのほうをよろしくお願いします。これで契約はすべて完了となりましたので」

再び深く腰を折り、目の前の依頼者に一礼する。

「ご期待に添えず申し訳ありませんでした」

「浅海さん」

戸惑うような浩の声に背を向けて、玄関へと向かった。

「ちょっと、待って」

浩が慌てたように浅海の後ろを付いてくる。

「なにそれ。なんだよそれ。ちょっと待てよ」

靴を履き、振り返った浅海を見上げる顔は、酷く心許なく、怒っているようにも見えた。

「満足してないとか、不快とか、俺そんなこと言ってないよ。違うって。ただ……」

言葉を探して見つからず、苛ついたように掻《か》き上げた髪を強く握っている。

「ただ？」

浩が言いたい言葉を探し当てるのを、辛抱強く待った。

「違うんだ。そうじゃなくて、そういうんじゃなくて、俺は……」

必死に何かを言い掛ける浩の声を、携帯の音が遮った。

反射的に手に取った携帯を見つめ、浩が迷っている。窺うように浅海を見上げるから、どうぞ、と笑顔で促してやった。

「はい……ああ、うん。どうも」

携帯を隠すように壁のほうを向き、こちらを気にしながら、浩が話している。

「あの、さ、今ちょっと……ああ、うん、えっとさ……乾」

困惑した声で電話を切り上げようとする浩に、相手は一方的にしゃべっている様子だ。

「……ああ、そうか。うん……うん……」

浅海に背を向けて、浩が携帯に相槌を打っている。しばらく待ってみたが、浩は携帯を切ろうとはしなかった。

「では。失礼いたします」

邪魔にならないように静かに言い、その場を辞した。ドアが閉まる瞬間、浅海を呼ぶ声が聞こえたが、閉まったドアが再び開くことはなかった。

マンションの通路をゆっくり歩き、エレベーターに辿《たど》り着く。ボタンを押し、駐車場に降り、車の前まで来ても、浩が追いかけてくることはなかった。

運転席に座り、あと五秒だけ、と待ってみた。

何回目かの五秒が過ぎ、もう一度だけドアの外に目を向けて、それからゆっくりと、車を発進させた。


日常は慌ただしく、そして残酷過ぎる穏やかさで過ぎていく。

浅海の生活は変わらなかった。相変わらず依頼者は後を絶たず、その願いを叶《かな》えるべく、日夜奔走し、誠心誠意の態度で臨んでいる。

浩からの依頼を遂げ、あのマンションを辞してから、すでに二週間が経っていた。振り込みも滞りなく完了し、クレームもなく、問い合わせもない。

仕事の合間にふと手を止め、あいつはどうしているかと考える。

あの広い部屋の一角だけを使ったような殺風景な場所で、ひとり仕事をしているのだろうか。パソコンに齧《かじ》り付き、あの一人掛けのソファで休憩をしているのだろうか。

髪はどうしているのか。大量の服は着ているのか。コンタクトは慣れないうちは目が痛いと言っていた。いくつか一緒に選んだ眼鏡フレームは、利用しているだろうか。

クレームこそは来なかったが、今回の浩の依頼には、浅海自身反省点が数多く残った。肩入れし過ぎる浅海を、社長は面白がって好きにやれとは言ってくれるが、毎回熱くなっていては、客もドン引くだろう。もっとも、浩以外の依頼者にあれ以上の肩入れをすることは、きっとないだろうと浅海も思っていた。

今思えば、最初からだったのだ。

応接室で浩に出逢い、その要望を聞いているときから、心が動いていたのだ。強引ともいえる行動で浩を引き回し一緒にいるうちに、浅海は恋に落ちていた。

捻くれた小動物のような生き物を可愛いと思い、浩の要望に叶うことなら何でもしてやりたいと思った。時折見せる素直な笑顔に魅せられ、もっと頼ってくれ、もっと我儘《わまま》を言えと甘やかし、愛《め》でていた。可愛くて可愛くて仕方がなかった。

恋がどこから始まったのかは浅海にも分からない。だが、こいつをどうにかしてやりたいという強い衝動があればこそ、あれほど強引に行動できたのだと、今になって気付かされる。

まあ、今頃になってそんな分析結果が出たところで、すべては後の祭りなわけだが。

顎を触る癖も、唇を触る癖も、今はもうない。ただ、気が付くと、キーボードを打つ手を止め、何とはなしにぼんやりすることが増えていた。

往生際が悪いぞと自分で思う。あくまで仕事上の付き合いで、それも終わった。

エスコートの練習だと自分の部屋に招き、そこに邪《よこしま》な気持ちがなかったかと聞かれれば、ないこともなくはなかったかもしれないというか、実はあった、という見解になるのだが、それも今さら言ったところでどうにかなるものではない。

劇的に変貌した浩の白い肌を、長い睫毛《まつげ》を、大きい瞳を、そして柔らかそうな唇を、いつも盗み見ていた。

あのとき、吸い込まれそうな瞳に見つめられ、文字通り吸い付いてしまった。そのときの感触を思い出し、我知らずうっとりとしている自分に気付き、首を振る。

二十九にもなって、キスのひとつに狼狽《うろた》えてしまった自分も大概情けないが、あのときの浩の態度も大したものだった。浅海の苦しい言い訳にも平然と言い返してきたではないか。

脈はまったくといってないに等しい。そのあとの頑なな態度に心が折れそうになりながらも、自分を奮い立たせ、側にくっついていた。挙句、やらなきゃよかったと後悔され、馬鹿馬鹿しかったと言われてしまった。あれは堪えた。

首を振って追い出したはずの思考に尚もふけっていると、スーツの内ポケットが震えた。

弟からの電話だった。

『あ、兄貴。いま暇？』

「切るぞ」

『ちょ、なんだよ』

「仕事中だ。電話なんかしてくるな」

『出てんじゃん』

「うっかり出ちまったんだよ。用件をさっさと言え」

用件を切り出す前に電話を切ってしまいそうな勢いの声が出る。

『店来てよ』

「なんで俺が。行く用事はない。切るぞ」

『ちょ、待てって。こっちがあんだよ』

「兄貴を呼びつけるとは生意気だ。おまえが来い」

『そう言わずにさあ。会わせたい人がいるんだけど』

「仕事の依頼か？」

『んー、違うけど』

「じゃあ会わん。くだらない用件で電話をしてくるな」

『どうしても？』

　アメリカ修行時代の知り合いだとか、世話になった師匠が訪ねてきたからとか、そういった理由で呼び出されることがしょっちゅうある。身内として挨拶をするのは当然だと思っていたし、弟の知り合いは面白いやつが多かったから浅海も楽しく付き合っていたが、今はその気になれなかった。それに、そんな今の自分の心境とはまるで真逆の能天気な声を聞いていると、身内なだけに理不尽な暴力を働いてしまいそうだ。

　そういう自分の不機嫌をぶつけてしまいそうな相手にはなるべく会わないほうがよかろうと考え、「急ぎじゃないんなら、またにしてくれないか」と不機嫌な声のまま、電話の相手に頼んだ。

浅海の頑なな返事に、弟は「そっかー」と、諦めたような声を出した。

「じゃあな。悪い、またそのうち顔を出すから……」

『浩ちゃーん、兄貴来られないってさ。残念だけど』

「なにっ」

『じゃあ、浩ちゃんがよろしくって』

「待て待て待て！」

慌てて立ち上がり、電話の相手を引き留めようと一歩踏み出し、机の角に足をぶつけてしまった。

「おごぁっ」

奇妙な声と共に、普段は冷静極まりない浅海の尋常ならざる慌てように、社員が一斉に顔を上げた。

「行く。すぐ行くから。待ってろ」

携帯にそう叫びながら、浅海の身体はすでに出口へ向かって走り出していた。エレベーターの到着を待つのももどかしく、階段を一気に駆け下りる。

ボクサーを目指していた頃ほどの走り込みを今はしていないが、日々鍛えた身体は一キロぐらいの全力疾走なら屁《へ》でもない。『おしゃれサロン昇《のぼ》り龍《りゅう》』は浅海の会社から一キロも離れていないから、楽勝で辿り着けるはずが、店の前に着いたときには、肩で息をするほど消耗していた。

早鐘のように暴れる心臓は、全力疾走だけが原因ではないらしい。


流れる汗を拭い、一旦息を整えてから、弟の店のドアを開けた。

店内を見回し、浩の姿がないことを確認し、迷わず奥にあるオーナー専用の部屋へと入っていく。

狭い室内に、弟と膝をくっつけるようにして向かい合って座る浩を見つけた。

「おう、兄貴、早かったな」

弟の声など耳に入らないように、真っ直ぐに浩の側まで行く。

立ち上がった浩は以前と変わりがないようだった。浅海が選んでやったコットンセーターを着、今日はコンタクトは装着せず、軽い銀のフレームの眼鏡を掛けている。髪型も最後に会ったときと変わりなく、今、弟に切ってもらったのか、こざっぱりとしていた。

懐かしさに思わず笑みが零れ、その姿に見惚《みと》れていた。

浩のほうも浅海の姿を認めると、一瞬ぱっと顔を輝かせたような気がして、それも嬉しかった。もっともすぐにいつもの挙動不審に戻り、視線を下に向け、唇を尖《とが》らせてはいるが。

「久し振り」

浅海の声に、下を向いたままの視線がちらっと上を向き、また慌てて下がってしまった。

「元気にしてたか？」

たった二週間振りの再会だったが、浅海にとっては二年の月日が経っていたかのような懐かしさだった。

「変わりないよ」

短く答える浩の声に、そうか、と答え、その顔を覗き込んだ。

「今日はどうした？」

「うん……」

浩が言うことをひとつ漏らさず聞いてやろうと構えているのだが、浩は助けを求めるようにして、弟のほうに目を向けた。視線を受けた弟の知弘《ともひろ》は戯《おど》けたように両手を広げ、浩に何かを促している。

なんでここで俺より知弘を頼るんだよと、ムッとする。こんな顔中ピアスの刺青野郎なんかより、俺のほうがずっと頼りになるぞと、「浩」と名前を呼んでまたこちらを向かせる。

「ほら、浩ちゃん」

おまえ「浩ちゃん」とか馴れ馴れしく言うなっ！

鬼の形相で弟を睨《にら》み、拳に力が入る。

「あのな」

浩が何かを伝えようと、ふっくらとした唇を、僅《わず》かに尖らせている。

「うん。どうした？」

やはり可愛い。

どう見ても可愛い。

そんな可愛い浩が自分に逢いたいと呼び出してくれたのだ。直接連絡をくれればいいものを、わざわざ弟のところに来ていることは気に食わないが、まあ許してやろう。というか、弟の存在が邪魔だ。なんでこいつがここにいるんだ？

「おい、知弘。おまえちょっとそこのコンビニ行ってアイスクリーム買ってこい」

「ちょ。なんだよ。パシリかよ」

「やっぱりコンビニは駄目だ。電車に乗って銀座のデパ地下行って限定アイス買ってこい」

「なんでだよ。ここ俺の店だぞ。オーナーがアイス買いにいくことねえだろが」

「いいから行ってこい。おまえ自ら行ってこい。三秒以内に行かねえと……揺らすぞ」

脅しの声と共に手の切れるような万札を弟に押し付け、部屋から追い出した。

「仕事は？　今忙しくないのか？　この前新しいシステムの納期が近づいているって言っていたじゃないか」

邪魔者を消し、ようやく二人きりになり、仕切り直しとばかりに話題を切り替えた。

「そっちは落ち着いたのか？」

個人経営の浩の仕事は、すべて自分で管理していかなければならない。同窓会とその仕事の納期が近かったことを聞かされていたから、気にはなっていたのだ。

「ああ、そっちのほうは終わった」

「そうか」

「今は、ちょっと別のことで忙しくなってるけど」

仕事がと切れずあるということは悪くない話だと納得して頷いた。

「何か手伝うことはないか？」

ＩＴ関連の仕事など、手伝えることはたかが知れているが、例えば機材を運ぶとか、移動させるとか、そういう力仕事なら全面的に任せてほしい浅海だった。

「今度、友達と共同で会社を立ち上げようかって話になってて……」

浩の言葉にピクリと片眉が上がる。『友達』という言葉に違和感を覚えた。

「友達？」

浅海が思いつくのはひとりだけだ。

「それで法務局行ったり、他にもいろいろと雑用っていうか、調べることが多くてさ」

何でもないように淡々と語る浩の顔を凝視した。浩は浅海の視線から逃れるように目を背け、口を尖らせている。

「共同経営とか、おまえ大丈夫なのか、って思ってるだろ」

また人の心を先読みするようにそう言ってふてくされたような浩の横顔を眺め、胸につぅ、と冷たいものが流れた。

「まさか……乾じゃないだろうな、浩」

「そうだよ」

口に出すのも嫌な奴の名前に、浩は事もなげに肯定の返事をしてきた。

「やめとけ。駄目だ」

強い口調で否定する浅海に、浩は驚いたような目を向けてきた。

「なんであんたがやめろって言うんだよ」

「あいつは駄目だ。あいつだけはやめておけ」

「大丈夫だよ。それに乾だけじゃないし。他にも何人か声を掛けてるって」

「駄目だ」

「だからなんであんたが……」

「おまえ忘れたのか？　あいつにどんな酷いことをされたのか」

被せるような浅海の声に、浩は「は」と息を吐いて笑った。

「利用されているんだよ。また騙《だま》されるぞ」

「そんなんじゃないよ。それにこれは仕事のことだし。あいつだって立派な社会人だ」

ホテルでの乾の姿を思い出す。確かに洗練された出で立ちをしていたが、その表情に胡散《うさん》臭《くさ》いものを感じたのは、決して浅海の思い込みだけではないはずだ。

あいつは信用できない。

人を演出し、ときには騙すという職業に長く就いている浅海だ。それに加え、若い頃暴れていた経験から得た直感がそう言っている。

浩だって馬鹿ではないはずだ。人の心の裏をしつこいまでに読もうとするこの男が、なぜ乾のあの嘘臭さを見抜けないのだ。

「それに……謝ってくれたんだよ。昔のこと。あのとき悪かったって。おまえの人の良さにつけ込むような真似してごめん、って」

そんな言葉を信じたのか。

嘘だろ？　と思う。

そんな子供騙しの言い訳に絆《ほだ》されて、浩は何もかも許してしまったというのか。

「……おまえは馬鹿か」

浅海の落とした言葉に、浩が敏感に反応した。目の淵《ふち》を赤く染め、強い視線で睨み返してくる。

「そんな上っ面の言葉を聞いて許したのか？　それで一緒にやろうって言われてほいほい乗ったのか？」

「そんなんじゃないよ」

「そうだろうが。とんだお人好しだな」

「あんたに言われたくないけど」

狭い室内がみるみる険悪な空気に包まれていく。

「とにかく、もう決めたことだし。あんたには関係ない」

浩の言葉がズドンと胸に響いた。

……関係ない。そうか。関係ないのか俺は。

「勝手にしろ」

吐き捨てるようにそう言った。浅海が何を言って説得したところで、浩はあの乾という男のほうを選んだのだ。

「おまえの言う通りだったな」

「何が？」

「馬鹿馬鹿しいってことだよ。馬鹿馬鹿しい茶番に付き合っちまった」

「浅海さん」

「でもよかったじゃないか。俺のくだらない提案でおまえも乾とヨリが戻ったんだから。これで俺も肩の荷が降りた」

「なんだよ、そんな言い方はないんじゃないか。ヨリ戻るとか。なんだよそれ」

「じゃあどう言えばいいんだ？　俺が何言ったたっておまえはやりたいようにやるんだろう。

だから勝手にしろと言っている。せいぜい利用されないように気を付けるんだな」

目元を怒らせて浩が睨んでくる。そんな目をされてもちっとも恐くはないが、胸に流れた冷たいものが、今は大きな塊となって浅海の内側を圧迫している。

だから自分から目を逸らした。これ以上は浩の視線を受け入れられない。

ずっと見てきた。

何か事を決めるとき、迷いながら、反発しながらも、いつも浅海を仰ぎ見る浩の瞳をずっと受け止めてきた。

強引なキスを交わして以来、それが逸らされていたあいだも、その横顔をずっと見つめてきた。いつか、以前のように「どうしよう」と浅海に問いかけてくれることを願って待っていた。浩も自分を信頼してくれていると思っていた。だから懸命に協力した。

ここ数ヶ月、こいつのことだけを考えていた。今日だって呼び出され、飛ぶように走って来たのが馬鹿みたいだ。どうしているかと胸を痛め、顔を見た瞬間懐かしさで目元が潤んだ自分を殴ってやりたい。

すべてが馬鹿らしかった。こんな思いをしてまで、たかが男ひとりに執着して何になるのだ。胸の塊がこれ以上は無理というところまで膨らんで、爆発寸前だった。

重い。

重くて痛い。

だが、こんな痛い思いをしても、浩はあの乾という男のほうを選び、浅海には関係ないと言ったのだ。浅海に向けてくる視線は、もはや反発と警戒の色しか示さないのだと思い知らされた。

「それで、なんだ。俺にそれを報告するためにわざわざ呼び出したのか？」

「それは……」

「仕事の途中だったんだ。話が終わったなら帰る。時間を無駄にした」

浩の顔を見ないまま、背を向け、ドアノブを摑んだ。その背中に何かが当たり、一瞬動きを止める。足元に目を落とすと、背中に軽く当たって落ちた包みが転がっていた。ドアノブから手を離し、それを拾う。

「これは？」

弟の使う、浅海も気に入ってよく行くメンズブティックのロゴの入った包装紙だった。

「やるよ」

浅海の問いに短く浩が答え、浅海はもう一度包み紙に目を落とした。綺麗にラッピンクされた包装紙にはリボンが掛けられていた。

「あんたに。一応世話になったお礼と思って」

ドアの前に立ったまま、手に取った包みを眺めていたら、浩が浅海の横をすり抜けるようにしてドアを開け、出ていった。

「おい」

呼び止める声が聞こえたはずなのに、浩はそれを振り切るようにして店からも出ていった。

「あれ？　浩ちゃん帰っちゃうの？　一緒にアイス食べようと思ったのに」

茫然と浩の後ろ姿を見送る浅海に、パシリをさせていた弟が能天気な声を出していた。

「銀座は遠過ぎるよ、兄貴。駅前で勘弁してくれ」

浅海の手にしている包みを見つけ「あ、浩ちゃん、ちゃんと渡せたんだ」と言っている。

「大変な騒ぎだったたんだぜ。急にやってきて『プレゼント選びたい』ってさ。ほら、俺も貰《もら》ったんだ」

腰に付けたキーチェーンを浅海に見せ、「ほんと、大騒ぎだったんだぜ」と笑っている。

「兄貴の趣味なんか分かってるし難しくないからさ、大丈夫だって言ってもなんだかんだ難癖付けてよ」

弟が自信を持って勧めても、なかなか決まらず何軒も店を回り、挙句最初の店に戻りまた一から選びと、かなり振り回されたらしい。

散々迷って選んだ品物に、浩は不安がっていたという。「喜ぶかな」と弟に何度も聞き、直接渡したほうがいいという意見に迷いながらもようやく承諾し、浅海の訪れを待っていたのだと。

リボンを解き、包みを開けてみる。

ネクタイが入っていた。

店内で弟と二人、大騒ぎをしている様子が目に浮かんだ。きっといつものようにひとつひとつに文句を付け、迷い、選んだのだろう。「これは？　これは？」と弟に尋ねながら、真剣に選んでくれたのだろう。

それなのに。

勝手にしろと言い、時間の無駄だったと背を向けた浅海に、これを投げつけたときの浩は、どんな表情をしていたのだろう。

贈り物を手にしたまま、店の外に飛び出した。道を人が忙しげに通り過ぎていく。その先の車道では車がスピードを落とさないまま行き交うだけだ。

遠くまで目を凝らしても、浩の姿を見つけることはできなかったが、浅海の瞼《まぶた》にはさっき出ていった浩の背中が、はっきりと焼き付いていた。


朝の支度をしながら、何とはなしに点《つ》けっぱなしのテレビを眺めている。毎朝顔を見ているアナウンサーが、夜は冷え込むからコートを持てと伝えていた。

場面が切り替わり、天気予報から芸能ニュースになったところで、それを合図に立ち上がり、身支度を整えるために寝室に向かった。リビングのテレビは先週離婚騒動を起こした夕レントの会見の模様を繰り返し伝えている。クローゼットの扉を開け、今日着けるネクタイを選ぼうと指を泳がせ、ふとその動きが止まる。

浩から贈られたネクタイが、一番目立つところに下がっていた。まだ一度も使用することのないこれを、今日も着ける気にはならなかった。

謝る機会を失ったまま、時間だけが悪戯に過ぎていた。

浩から連絡が来ることなどもちろん望めなかったし、浅海のほうからもしていない。忙しかったという理由は、言い訳に過ぎないことは分かっていた。一方的に暴言を吐き、浩のせっかくの気持ちを踏みにじったのは自分だ。

逢いたい。逢って謝りたい気持ちはもちろんある。だが、同時に二度と逢いたくないという気持ちも湧く。

逢ってしまえば浅海のことだ。どうせいらぬお節介を焼きたくなり、頼まれもしないのに口を挟み、挙句喧嘩になることだろう。

あの日、弟の店で言い争いになり、一方的な攻撃で浩を傷付けてしまった。だが、あのとき、浅海自身も深く傷付いていたのだ。

乾と共同経営の会社を立ち上げると告げられて反対したのは、あの男が信用ならないということもあったが、その根底に嫉妬心が隠れていたことは否めない。心配をする振りをしてあの男だけはやめておけと言った浅海に浩は、おまえには関係ないと言ってきた。

結局はそういうことなのだ。

嫉妬しようが心配をしようが、それは浅海側の気持ちであって、浩には関係がないのだ。

逢いにいき、謝り、浩の怒りが解けたとしても、この先浩が浅海を頼りにすることは二度とない。今後、何をするのにも浩が見上げる先には、自分ではなくあの乾という男の顔があるのだと思うと、これ以上踏み込みたくはなかった。

ネクタイを選び、身支度をする。

仕事は相変わらず忙しく、充実もしている。浩のときのようにがむしゃらに突進するようなことはなくても、客のひとつひとつの要望に応えようと、誠心誠意働いているつもりだ。

忙しさにかまけ、早く時間が経ってくれればと思う。

浦安《うらやす》の狂犬と呼ばれた時代も、プロボクサーを目指していた時代も、思い出せば苦いものが込み上げるが、それだけだ。無理に忘れようとしなくても、時と共にいずれ風化していく。

過去を過去として当たり前に受け止め思い出せる日が来ることを、浅海は経験上知っている。だからどんどん時が経ち、今抱えているこの想いも、いずれ風化するのを待つしかなかった。

スーツに着替え、リビングに戻ると、ニュースの内容は芸能関連から最近の事件を伝えるものに移っていた。さっきまではのほほんと、今流行っているという肌ケアグッズの紹介をしていたアナウンサーが、表情を引き締め海外で起こった災害の続報などを伝えていた。

時計代わりにしている番組の声を聞き流しながら飲み残しのコーヒーに口をつけようとしたとき、聞き覚えのある単語が耳に入り、テレビに目を移した。ニュースの内容は災害の続報から日本での事件に移り、昨日詐欺罪で男が逮捕されたという話題を報じていた。

――昨夜逮捕された乾健一《けんいち》容疑者は……。

アナウンサーが犯人の名前を伝え、画面に男の顔写真が映し出された。瞬きも忘れ、画面を食い入るように見つめる。

あの男だった。

浩の元同級生で、浩を傷付け、馬鹿にし、そして今また付き合いを復活させ、一緒に会社を立ち上げようと浩に近づいた、乾に間違いなかった。

逮捕された乾は、個人経営をしている複数の会社に共同運営の話を持ち掛け、出資金だと言って金を騙し取ったという。被害は数十件に上り、その被害額は数百万から数千万ともいわれているらしい。詳しい事情はこれから聴取されるが、被害者はまだ出てくるだろうと告げられていた。

ガタン、と音がして、知らずに立ち上がり、コーヒーカップを倒していたことに気が付いた。零れたコーヒーがテーブルに広がっている。

何も考えずに部屋を飛び出した。エレベーターを使った記憶も、階段を駆け下りた記憶すらも飛んでいた。気が付くと、自分の車のドアを開けていた。エンジンを掛け、シートベルト着用を促すアラーム音をやっと耳に捉え、慌てて装着した。

発進させながら、考えることはただひとつだった。

浩。

浩はどうしただろうか。

今のニュースを見ていただろうか。それとも昨日のうちに逮捕の事実を知らされたのだろうか。乾は警察で浩の名を出しただろうか。騙した相手として浩の名前を出したのだろうか。

親友に二度も裏切られ、どれほどのショックを受けているだろう。

謝ってくれたと、つけ込むような真似をしてすまなかったと頭を下げてくれたと言っていた。そして付き合いを再開したいと、一緒に会社を立ち上げようと誘ってきたと言っていた。

それが全部嘘だったことを知り、今どんな思いをしているだろう。

考えただけで胸が潰れそうなぐらいに痛む。

早く。早く。

掛ける言葉など思いつかない。ただ——側にいてやりたい。それだけを思い、車を走らせていた。

乱暴に車を止め、浩の部屋まで走った。

インターフォンを押しながら、同時にドアも叩く。先に電話をしてからなどということを考えもつかなかった。ニュースを聞いてからの自分の行動すべてを、まったくと言っていいほど覚えていない。

しつこくドアを叩き続け、やっとガチャリと鍵の外れる音がして、チェーンが掛かったままのドアが少しだけ開いた。

数センチの隙間から顔を覗かせた浩は、明らかに怒った顔をしていた。

「……なんだよ。近所迷惑だろ」

ドアに手を掛け、閉まってしまわないようにしながら、隙間から見える浩の顔を覗く。寝ていたところを今無理矢理起こされたのか、それとも昨夜から寝ていないのか、眼鏡を掛けた顔は少し腫れぼったい。髪も寝起きそのままのように乱れ、部屋着ともパジャマともつかないトレーナーにジャージ姿だ。

息を切らしたまま何も言わずに見つめ続ける浅海を、今度は怪訝そうに見返してきた。

「だからなんだよ。朝だぞ？　何か用か？」

「大丈夫か？」

言えたのはこれだけだった。それ以外の何を言えばいいのか分からない。

「なにが？」

強い目で見つめ返され、だがやはり何も言葉は出てこなかった。

「いや……、その、ニュースを……観た」

やっとの思いでそれだけ言うと、浩は「ああ」と言って笑った。

「平気だよ」

「そうか」

「なに？　ニュース観て飛んできたってわけ？」

「ああ……いや、うん、そうだな」

可笑しそうに浅海を見上げる浩を見て、本当に何も考えずにただただ飛んできた自分を振り返り、浅海も笑ってしまった。

飛んできたところで何ができるはずもなかったのだ。せいぜい側について慰めの言葉を掛けてやるぐらいしかできないのに。しかもいざ浩の顔を見れば、何の言葉も掛けてやれず、おまけにドアチェーンに阻まれ、中に入れてすらもらえない。

それでも飛んでこずにはいられなかった。何もせずにただ悶々《もんもん》と遠いところで心配することなどできなかったのだ。

「大丈夫なのか？」

馬鹿みたいに同じ問いを繰り返す浅海に、浩も同じように「平気だよ」と繰り返した。

「そうか。なら、よかった」

「まったく、朝っぱらから何事かと思ったよ。ドアへこんでない？」

浅海が力一杯叩いてしまったドアを浩が心配していた。

「すまなかった」

「ニュース観たんだ」

「ああ」

「で、なに？　忠告聞かなかったからだって説教でもしにきたのか？」

「浩」

「ざまあみろとか思ったりして」

「……俺が」

そんなことを思うわけがないじゃないか。ただおまえが心配で、落ち込んでいるんじゃないか、もしかしたら……泣いているんじゃないか、そんな風に考えたら、居ても立ってもいられなかっただけだ。

確かにやめておけと忠告をした。騙されているぞとも。だが、それが現実に起こったからといって、ざまあみろだなんて、思うはずがないじゃないか。

「……そんなことを思うと思うのか？」

浅海の声に、浩はハッとしたように顔を上げ、それから小さく「ごめん」と謝ってきた。

「まあ、元気ならいいさ」

マンションの廊下を、出勤しようとする人が通り過ぎていく。チェーン越しに話すのにも限界がきた。

「何かあったらいつでも連絡をしろ。な、いつでもいいから」

なるべく穏やかな声を出して促したが、浩は下を向いたまま返事をくれなかった。

「じゃあ。突然来たりしてすまなかった。ネクタイ、ありがとうな。あのとき悪かった。それも謝りたかった」

ずっと蟠《わだかま》っていたことを口にすることができた。浩は下を向いたまま、「許す」とも「許さない」とも言わない。結局は浅海自身の引っ掛かりを解消しただけで、何も変わらない。

それでもこうして会えて、謝ることができて、それだけでもよかったと思った。

ドア越しから浩のつむじを見下ろす。手を伸ばせば届きそうで、あと少し届かない距離にいる浩に、もう一度「じゃあ」と声を掛け、ドアから離れた。


「おい」と背中に声が掛かり振り向くと、チェーンを外した浩が廊下に出てきていた。

「まだ時間あるなら、コーヒーでも飲んでくか？　せっかく来たんだし」

時間の余裕はあるとは言えなかったが、浩のそんな誘いを断れるはずがない。いそいそと踵《きびす》を返し、ドアを開けたまま待っている浩のところまで戻り、促されるまま部屋に上がった。

以前と変わりない浩の部屋にまた通される。相変わらず部屋の一角だけに集められた家具を見て、思わず笑みが漏れた。浩は「インスタントしかないけど」と、対面のキッチンでお湯を沸かしている。浅海は前と同じ椅子に腰掛け、コーヒーが出来上がるのを待った。

パソコンデスクには資料らしき書類が乱雑に積まれていた。浅海の座っている小さなダイニングテーブルにも何冊かの冊子が積んであった。本の背表紙に何とはなしに目を向けると、それは起業や経営のノウハウ本だった。

コーヒーを運んできた浩は浅海の視線の先を認め、一冊を手に取った。

「俺だっていろいろ勉強したんだよ。全部人任せにできないからな」

「ああ、そうだな」

せっかく新しく会社を興そうとしたのに、乾の逮捕で頓挫してしまった。被害額はどれくらいだったのかと聞きたかったが、踏み込み過ぎかと躊躇《ちゅうちょ》していると、浩はまた浅海の心を読んだかのように「どれぐらいの被害額だったか気になるか?」と言ってきた。

「ゼロだよ」

「え」

「被害は受けてない。まだ。資金提供する前に、あいつ捕まったから」

「そうか」

それを聞いて、ほっと胸を撫《な》で下ろした。

共同経営を持ち掛けられた事実があるのだから、騙されたことには変わりがなかったが、それでも金銭的な面での打撃を受けなかったことだけでもまだマシだと思えた。もちろん、精神的な打撃は、きっとあっただろうが。

「今抱えてる仕事を終わらせてからじゃないと動けないって言ってたんだ。あいつ、妙に急いでたけど、そこは譲らなかった。クライアントに迷惑は掛けられないしな」

「ああ。そうだな。利口な選択だった」

「うん。俺もさ、共同でできるなら楽かなって少し安易に考えてたんだけど。ほら、営業とか面倒だし、乾、あいつ口が上手いからさ、あいつに営業任せれば俺よりずっと上手く仕事取れそうだし」

口が上手いのと営業とはまた別ものだと浅海は考えている。どれだけ自分の仕事を愛し、客に対して誠意を示せるかが重要なことなのだ。繋がりはその場、そのときだけではない。その先の付き合いを考えるなら、口先の上手さよりも、もっと磨かなければならないスキルがあると、浅海自身教えられたことだった。口だけが上手いという奴は、やはり詐欺師ぐらいにしかなれないのだろう。

この若さで浅海よりも多くの収入がある浩だ。営業の能力がないとは思わない。受け取った仕事に誠意を持って打ち込んでいたのだろう。ひとりですべてを賄うのは気楽だがつらい。乾はそういった個人経営の弱さに目を付け、つけ込んだ。

「だからさ、俺もあいつを利用しようとしてたんだよ」

演技なのかどうかは分からない。浅海には浩ほど人の心を読むというスキルを持ち合わせてはいなかったから、意外にさばさばと言ってのける浩の笑顔を、黙って見ているしかなかった。

自分で淹れたコーヒーを大事そうに両手で包み、口に運んでいる浩を見つめ続ける。

逢いたくないと、逢えばつらい思いをすると言い聞かせていても、こうして顔を見てしまうと、やっぱり俺は逢いたかったんだなあ、とその可愛い顔を見つめ、しみじみと噛《か》みしめていた。

「おい、コーヒー零したのか？」

そんなことを考えながら浩の顔を眺めていたのだが、こちらに目を向けた浩はまた怪訝な顔をして、浅海の腹の辺りを凝視している。

「いや、零してないよ」

せっかく浩が淹れてくれたコーヒーを俺が零すわけがないじゃないかと返事をしたが、浩の視線が動かないままだったから、その視線を追って自分の腹に目を落とした。

スーツを着ていて気が付かなかったが、その中のワイシャツが、茶色く染まっていた。今手に持っているコーヒーを零した覚えはなかったから、出掛けに引っかけたのだと合点がいった。

ニュースを観て動転し、コーヒーカップを倒したことは覚えていた。テーブルの上に零しただけだと思っていたが、どうやらネクタイがそこに付いてしまったらしかった。

半分色の変わってしまったネクタイを摘む。

「そういえば、ここに来る前にコーヒーを零した。気が付かなかったな」

「なんだよ。意外とそそっかしいのな」

呆れたような浩の声に「本当だな」と笑って答えた。

「これじゃあ仕事に行けないな。一旦着替えに戻るか」

職場の近くで購入することも考えたが、車で来てしまったことを思い出し、どうせ遅れついでに家に戻ろうかと思った。

今日は午後から人と会う約束があったが、午前中は特に緊急の仕事は入っていない。電話をして遅れる旨を伝えればいいだろう。

そこまで考え、またひとつ思い出す。

「携帯忘れた」

「え？」

スーツを着て、諸々の準備をする前にニュースを観て飛び出してしまったのだ。鞄もリビングに置いたままだし、財布すら持っていないことに気が付いた。

「悪い。電話を貸してくれ」

浩に断って電話を借り、社に連絡をする。すでに出社していた社員に適当な理由をつけて遅れることを説明し、電話を切った。

「なんとも……どうしようもないな」

自分の馬鹿さ加減に笑いが込み上げてくる。クックッと身体を揺らしている浅海を、唖然とした表情で浩が見ていた。

本当にどうしようもないと思う。

ニュースを観てからここに来るまで、ほとんどの記憶がない。コーヒーカップを倒し、零れたコーヒーにネクタイを浸したのにも気付かず、車の鍵だけ引っ掴んでここまで走ってきた。財布も携帯も持たず、部屋の鍵も閉めた覚えがない。持っているのは車の鍵だけなのだ。

笑いながらそのことを話すと、浩が慌てた。

「鍵持ってないって。大丈夫なのか？」

「ああ。オートロックじゃないから開けれれば開く」

「そうじゃなくて、開けっぱなしで泥棒入ったらどうするんだよ」

「それは困るが。まあ大丈夫だろう。入ったところで盗られて困るものもないし」

財布も携帯も置きっぱなしだが、現金だけならそう大したことはない。カードは止めればいいし、ネットバンキングを使っているから通帳もない。

浩の顔が見られたのだ。何を盗られてもどうでもいいと思う。

「あ、でもあれは困るな。おまえから貰ったネクタイ」

「そんなの誰も持っていかないよ」

「いや、あれは困る」

俄《にわか》にネクタイの行方が心配になり、コーヒーを慌てて飲み干した。

「じゃあ、帰るから。……浩、大丈夫か？」

今日会ってから、何度目か分からない単語をもう一度繰り返す。

「つうか、大丈夫じゃないのは自分のほうだろ」

「もっともだ」

浩の冷静な突っ込みにその通りだと言うしかない。慰めようと飛んできて、自分が心配されていては世話がない。

「……なんで、そんな」

シャツのシミを隠すように上着のボタンを閉じている浅海に、浩が言う。

「なんでそんな慌ててくるんだよ」

「そりゃあ……心配だったからだろう」

「だから、なんで？」

「なんでって。心配するのに理由がいるのか？」

「だって。おかしいだろ。そんな血相変えて」

「血相変えるほど心配だっただけだ。おかしいか？」

浩の問いに、問いで返すと、浩は困惑したような顔をして、髪を掻き上げる仕草をした。

「本当に心配だっただけだよ。ニュース観て、あいつが捕まったって、しかも詐欺で。浩を騙したかもしれないって聞いて、ただ、何も考えずに飛んできただけだ。結局何の役にも立っていないわけだが」

浅海の言葉を、解せないという顔をしたまま、浩が聞いている。

「仕方がないだろう。心配だったんだから」

「何をそんなに心配したんだよ。携帯も財布も、鍵閉めるのも忘れるくらい慌ててくることないだろう」

「おまえが……また傷付いたんじゃないかって」

「そんなの……」

「あいつ、乾に裏切られて。……許して信頼したんだろう。謝ってくれたって言ってたじゃないか」

「うん。まあ、そうだけど」

「好きだったって言ってたじゃないか」

「それは……」

「好きだったんだろう?」

浩は黙ったまま浅海を見つめ返してきた。

今それを浩に問うのは残酷なことなのかもしれない。それにその答えを聞くことは、浅海にとっても残酷なことだった。

だが聞かずにはいられなかった。聞いて、言葉にしてもらえれば、或いは諦めがつくかもしれないと思った。人の心を読むくせに、浅海の恋心だけは気付いてもらえなかった。気付いたとしても、どうにもならないことはすでに分かっている。

浩は浅海の問いに答えないまま、じっと浅海を見つめ続けている。答えたくないのか。答える必要もないと思っているのか。

「だから、ニュースを聞いて、おまえが、どうしただろうって。好きな相手に二度も裏切られて、どんな気持ちでいるかって。もし泣いてたりしたらどうしようかって……」

浅海を見つめている浩の目に、俄に涙が盛り上がってきた。大きな瞳に今にも零れそうな涙を溜《た》めて、浩が見上げている。

「浩、泣くな」

オロオロとしながら今にも落ちそうな涙を受け止めようと手を伸ばす。やはり泣くほどのショックを受けていたのかと思うと、可哀想で仕方がなかった。

「浩、ほら。泣くな」

「ふざけんなよ」

「え?」

「あんたが泣くからもらい泣きしてんだろ。なに泣いてんだよ」

そう言われて目を落とすと、頬を伝った涙がバタバタと床に落ち、水たまりを作っていた。

「俺か？」

「そうだよ！　あんたが先に泣いてんだよ。ふざけんなよ。なんだよそれ」

悪態を吐きながら眼鏡を取り、袖で顔をゴシゴシと拭いている。

「あ、悪かった」

「そこでなんで謝るんだよ」

「いや、泣かせたのが俺だったとは、と思って」

「違うだろ、泣いてんのはあんただよ」

「おまえも泣いてるじゃないか」

「だからもらい泣きだって言ってんだろ！」

怒鳴りながら洗面所からタオルを引っ張り出してきた浩は、それの一枚を浅海に乱暴に投げつけ、自分も顔を埋めて泣いている。

「もう、なんなんだよあんた」

「すまん」

「何考えてんのか全然分かんないよ」

「そうか？　だいぶ分かりやすいと思うが」

「分かんねえよっ！」

タオルに顔を押しつけたまま、浩専用の一人掛けソファにどっかりと腰を落とし、くぐもった声で浩が叫んだ。

「妙に親切だと思ったら、復讐するとか言って泣くし。エスコートの練習だとか言って、人呼んどいて、いきなり……キス、とかしてくるし」

「あれは、すまなかった」

「ほら！　謝るしっ！」

「浩」

「せっかく人がプレゼント持ってってやったのに、怒って話聞かないし」

「ごめん」

「それで俺が傷付いたかもって……こ、こんな朝っぱらから馬鹿みたいにやってくるし」

「だからそれは……」

「俺が何に傷付いたかって……あんたの言動に傷付いているんだよっ！」

「え？　俺？」

あまりに心外な浩の言葉に、涙が引っ込んでしまった。

俺？　俺が？　そんな馬鹿な。俺が浩を傷付けるわけがないじゃないか。

そう思うのに、浩は赤くなった目を向けて、鬼のように睨んできた。

「……間違えたって言った」

「え」

「俺にキスしといて、『間違えた』って言った！」

あのときの情景を思い出してみる。浩と見つめ合って吸い込まれるようにして吸い付き、味わった感触がまざまざと蘇る。

が、そのあと自分が何を口走ったのかが思い出せなかった。

「俺が言ったのか？　間違えたって」

「言ったよ。『あ、なんか間違えた』って軽く言ってたっ」

「そんなはずはねえだろ」

「言った！　お、俺がどんだけショック受けたか、あんた知らないだろ！」

「ちょ、ちょちょ、ちょっと待て。俺の話を聞け」

「ふざけんなよ。人をおちょくっといて、挙句誰かと間違えたくせに。起きてて寝ぼけてキスしてくる奴の話なんか誰が聞くか！」

寝ぼけたわけではない。慌てふためいたのだ。自分のしでかしてしまった衝動に慌てて取り繕おうと口走った言葉で、浩を傷付けていたのか。

「浩。ごめん」

「別にいいよ。謝ったって許さないから」

恐ろしいことを言われて、ソファに身を沈めている浩の前に膝をつき、下から窺う。どう宥《なだ》めようかと頭を巡らすが、浩の逆上は収まらない。タオルに顔を押し付け、新たな涙を流している。

「浩。ごめん、聞いてくれ」

「知らないよ。黙れ」

「間違えたってそういう意味じゃないんだ」

「どういう意味だよ」

「誰かと間違えたんじゃない。その、順番間違えたって言ったんだよ」

「……順番？」

「ほら、キスする前に、言うこととか、やることとか、普通はあるだろ？　そこすっ飛ばしたって言ったんだよ」

「……本当か？」

「本当だ」

タオルから顔を上げた浩が、床に膝をついたままの浅海を見下ろしてきた。

「俺もテンパってて、正直言うと、何を口走ったのかよく覚えてないんだ」
キ、と浩の目が睨む。慌てて「でも」と続ける。
「誰かと間違えたなんてことは絶対にない。可愛いなぁ〜って眺めてて、つい身体が動いちまった。寝ぼけて間違えたわけじゃない」

睨んでいた目がすぅ、と泳ぎ、その目元が紅くなっている「……可愛いとか」と呟く口元が拗《す》ねるように尖っていた。

浅海の言動に傷付いたと言った。キスをして、そのあとの不用意な言葉に傷付いたということは、キス自体は何ら問題なかったというわけだ。

「おまえも平然と言い返してきたし」

「そりゃ、あんな風に言われたら、そう言うしかないだろ」

「そうだな。それで、おまえはあのあと警戒したみたいに俺のこと避けるし」

「避けたわけじゃない」

「そのうちあの乾とヨリが戻ったって言うし」

「ヨリなんか戻ってないよ」

「そうか」

「戻ってない」

「でも、おまえには関係ないって言われて、俺も落ち込んだ」

「そうなのか？」

「同窓会に出席したあと、おまえやらなきゃよかったって言っただろ。あれも、堪えた」

よかれと思って精一杯協力した浅海に、浩は疲れた顔でそう言った。余計なお世話と言われ、挙句関係ないと言われて、浅海もどん底まで落ち込んだのだ。

「……恥ずかしかったんだよ」

浩がぼそりと言った。

「恥ずかしかった?」

聞き返した浅海に、うん、と小さく頷いて、タオルを握りしめている。

「あんな、ふざけたことされて、間違えたとか言われて、もうやめちゃおうかって思って。でも、結局それもできなくて」

タオルを握りしめたまま、ソファに収まっている浩の膝に手を置き、浅海は言葉の続きを辛抱強く待っていた。

「どうせあんたなんかキスぐらい大したことじゃないんだろうけど、こっちはドキドキして」

「そんなことはないぞ」

「そういうの知られるの、恥ずかしくて。あんたは俺の浅はかな計画を全部知っていて、仕事で付き合ってくれてるだけなのに」

「そんなことはない」

「馬鹿みたいに見栄張って、本当の俺はこんなじゃないって知ってんのに」

「浩、そんなことは思っていないぞ」

「エスコートとか、いろいろ教えられて、真似するんだけど、全然浅海さんみたいにできなくて」

「そんなことはなかったぞ。立派なもんだった」

「全然違うよ。ホテルの制服着てても堂々としてて、何やっても……」

膝に置いた手を伸ばし、タオルを握っている浩の手を両手で包む。

「……格好よくて」

俯《うつむ》いて、濡れたまま伏せられている長い睫毛の下にある瞳を覗いた。

「ただの宴会用の制服だが。格好よかったか？」

「なんだよ。当然だろ、とか思ってるだろ」

「思ってないよ」

「俺ってばなにやらせても格好いいだろとか」

「思ってないって」

この期に及んで久し振りに浩の後ろ向き思考が始まった。

「和子と打ち合わせのときも、おっかない顔して睨んでた。『俺の真似したって全然様になってないぞ』って顔で」

「違う違う違う！」

睨んでいたのは浩じゃない。

「俺より和子のほうにばっかりアドバイスして。どうせ和子のほうが呑み込みいいし」

「そんなことはないぞ」

浩に必要以上に近づくなと威嚇していただけだ。

「……あの人」

タオルを握りしめている浩の拳にまたきゅっと力が入る。

「あの人？」

「女優の」

「ああ、竜ヶ崎」

「二人並んで立ってて……すごく、似合ってて」

「四十歳だぞ」

「いつかのパーティのときだって『俺の女だ、手を出すな』って」

「仕事だ。おまえもやり取りを見ていただろう」

「和子が『あの人浅海さんのファンだ』って言ってた。浅海さんに会いたくて、何だかんだ用事作って、名指しで依頼してくるんだって」

和子っ！　余計なことを言いやがって。

「デートしたんだろう。和子が言ってた」

……あんの野郎。

「そんなんじゃない。浩。全然そんなことはないぞ」

和子への怒りは解けないが、それを聞いた浩がへそを曲げたらしいことを、その表情を見て理解した。それは浅海にとって、とても嬉しいことのようだ。へそを曲げたらしい浩は、タオルを握りしめたまま、ふっくらした口を尖らせている。

「今日で契約も終わりだと思って、冷静になって考えたら、なんか、恥ずかしくなっちゃったんだよ」

「だからなにを？」

「こんな馬鹿みたいな見栄張りの仕事を引き受けたんだよって、報告されて」

「そんなことは絶対に言わない」

「他の客に、『これがそのビフォーアフターです』とか言ってサンプルにされるとか」

「しないよ」

タオルを握った手を浅海に包まれたまま、浩の後ろ向き思考が延々と続く。

「終わった終わった、よかったよかったって、浮かれた声出してたじゃないか」

「それは……」

浩の成功を喜んでいただけだ。

「今日でこんなののお守りも終わるし清々したって」

「そんなことは言っていないぞ」

「ジムで身体鍛えるとか、チャンチャラ可笑しいね、溺れたくせに」

「絶対に思わないってそんなこと」

「五秒に一回とか練習しないとできないのか、俺なら一発で和子を落とせるぜ、とか」

「おまえは本当に……」

ブツブツと浅海に手を握られたまま文句をたれている姿に、思わず笑ってしまった。

「今笑ったな」

「いや」

「笑ってるじゃないか」

目を怒らせて睨んでくる。このマイナス思考はいったいどこから来るものか。

「浩」

名前を呼んで、腕を引き寄せる。同時に膝をついたままの身体を伸ばし、尖らせている唇に吸い付いた。塩味の唇にそっと触れ、顔を覗くと、一瞬目を見張った浩は、よろよろと視線を泳がせ、また下を向いてしまった。長い睫毛が震えている。

「浩」

もう一度名前を呼んでこちらを向かせる。

ちゃんと言わなければならない。想いを言葉にすることを恐れ、結果二人とも傷付いてしまった。それならば、誤解を生まない言葉で、ちゃんと伝えなければならない。

泣き腫らした赤い目が、浅海の言葉を待ち、見つめてくる。

ああ、この瞳だ。

これに魅入られ、順番をすっ飛ばしてまで手に入れようとしてしまったのだ。まったく性悪な奴だと苦笑が漏れる。

「……好きだ」

「嘘だ」

すぐさま切り返してくる浩の手を強く握る。

「嘘じゃない。寝ぼけてもいないぞ」

「だって……」

「だってじゃない。たまには人の話を一回で聞け」

握った手を自分の胸に引き寄せた。

「浩。おまえが好きだ。ずっと、最初から」

「最初から?」

「ああ」

浅海の告白に、浩の瞳が微かに綻ぶ。

そう。たぶん最初から、俺はこいつに惹かれていたのだと、告白する。

「初めておまえに会って、なんてよく回る口なんだろうと感心した」

「どうせ……」

また自分卑下の旅に出掛けていかないように、浅海は話を続けた。

「何をそんなに卑下してるんだろうって、気になった。磨けば光るのにってな」

あのときの押し問答を思い出し、自然と笑みが零れる。自分卑下一周の旅をしながら、戻ってきた浩は浅海の言うことを最後には聞くのだ。それが楽しく、とても可愛らしかった。

「髪を切って、色を染めて。目が凄くいいと思った」

「嘘だ」

浅海の褒め言葉をいつもこうやって信じようとしない浩に、懸命に嘘ではないと語り掛ける。

「見てるとやばいぐらいに綺麗だ。吸い込まれる」

「……またそんなこと言って」

「本当だ。和子もやばそうだった。冷や冷やしたぞ」

浅海の言葉に浩が笑った。久し振りに見せてくれた笑顔に、浅海の表情も綻ぶ。

「その笑顔が……とても可愛い。凄く可愛い。こんな可愛い笑顔は初めて見た」

浩の笑顔が引っ込んだ。

「髪の色も柔らかくてよく似合っている」

頑なな心を解そうと言葉を紡ぐ。完全に口説きにかかっているが、浅海の口説き文句を聞いている浩がだんだんと落ち着かなくなってきた。

「和子なんかよりおまえのほうがよほど綺麗だ」

「なに言ってんの?」

浩の手を握ったまま、精一杯の愛を告白するのだが、されたほうの浩は、握られた手を振りほどこうとしている。

「竜ヶ崎みれいなんか目じゃない。浩のほうがずっと魅力的だ」

「……もう、いいよ」

「睫毛も長いし、肌も白くて」

「もういいってば」

「その赤くてふっくらした唇なんか、口紅塗った竜ヶ崎なんかより全然美味しそうで、なんだそれは、食っちまうぞ……」

「やめろって。怒るぞ」

「まだ言い足りないが」

いくらでも褒めてやりたいのだが、目の淵を赤く染めた浩が「もう分かったから」と、浅海の言葉を遮った。

「浩」

引き寄せたもう片方の手で浩の顎を摑み、もう一度顔を近づけた。

「おまえは?」

浅海を迎え入れるように軽く首を傾けた浩に、返事を促す。合わさるすれすれの位置で止まってしまった唇を欲しがるように浩が見つめてきた。

「ちゃんと言え」

「……プレゼント」

「ああ。ネクタイな。ありがとう。嬉しかった」

「どうやったらもう一回会えるかって、考えて。世話にもなったし、そういうのなら会いにいってもおかしくないかって思って」

「嬉しかったよ。電話もらって飛んでいった」

「あのとき、俺、言葉が足りなくて。乾が謝ってくれたって言っただろ？　別に謝ってほしくて同窓会に出たわけじゃないけど、でも、出てよかったって、余計なことだなんて思ってないって、浅海さんに言いたかったんだ」

「浩」

「でも浅海さん、話聞いてくれないし、時間の無駄だったって」

大きな瞳にまた涙が盛り上がってきた。

「浩、ごめんな」

顎に添えた指を伸ばし、溜まった涙をそっとすくい取る。

「嫉妬したんだ。乾と一緒に会社やるって言われて。馬鹿だな」

浅海の謝罪に、浩が笑った。濡れた睫毛がひとつ瞬きをし、浅海の瞳を捉えてきた。

「俺に会いたかったのか?」

自分に逢うために、どうしたら逢えるのかと考え、行動を起こしてくれたのかと思うと、嬉しかった。浅海の問いに浩は恥ずかしそうに目を伏せ、それから小さく、うん、と言った。

「……俺も浅海さんが」

ゆっくりと顔を倒し、触れた鼻先で擽《くすぐ》り、先を促す。

「好き……」

溜息を吐くような告白を聞いた。更に顔を倒し、待ち受けている唇に触れる。

「……ん」

軽く触れ、一旦離れて顔を覗くと、薄く開いた瞳が浅海を見つめ、もう一度と、と誘ってきた。

今度はお互いに口を開いたまま、重ね合う。膝立ちのまま引き寄せると、ソファから身を乗り出し、浩は浅海に被さるようにして抱きついてきた。

「……ぁ……んぅ」

薄い舌を包み軽く吸うと、浩が小さく喘《あえ》いだ。頭の後ろに手を添えて、更に深くまで探る。息継ぎをさせながら、角度を変え飽きることなく浩を味わった。

浩の中は、さっき浩が淹れてくれたコーヒーの味がした。たぶん浩も浅海を味わっているだろう。薄い舌がヒラヒラと誘い、それを追いかける。上唇を噛まれ、下唇を噛み返した。

「う……んん、ぁ、ふう……ぁ」

淫猥《いんわい》な水音に混じり、囀《さえず》るような声が聞こえた。次第に力の抜けていく身体を起こし、下から顔を覗く。溶けそうな瞳を開き、浩も見つめ返してきた。タオルが床に落ちる。ずっと手に持っていた眼鏡を浩から取り上げ、それをタオルの上に、そっと置いた。浩の腕が首に回ってくる。引き寄せられる力に素直に従い、また唇を重ねた。

座ったままの浩の身体に手を這わせ、トレーナーの下に滑り込ませた。

前回は衝動のまま動いてしまい、事の性急さに自分で驚き、自ら手を離してしまったが、今日はこの先に進みたい。欲しいと思う気持ちは以前も今も変わらない。だが浩の気持ちを知った今は、もう抑えられなくなっていた。

あの日からずっと欲しかったのだ。

「……あ」

ソファに座る浩の足のあいだに身体を入れ、掌を這わせていく。柔らかく薄い素肌を撫で上げ、小さな突起を軽く摘んだ。とっさに腕を摑んできた浩の動きに構わず人差し指で引っ掻くと、ピクン、と背中が撓《しな》った。

「……おい、……ぁっ、あっ」

呼び掛けに聞こえない振りをして、伸びをするようにして首筋に唇を当て、柔らかい皮膚を強く吸った。

紅い痕がひとつ、白い肌に刻まれる。

思い描いた通りのその色に嬉しくなって、反対側にも唇を滑らせる。紅い痕を付けながら、トレーナーをたくし上げていく。今指先で弾いた突起に唇で触れ、舌で転がす。

「んっ、んん！」

一人掛けのソファに押し付けられ、身動きの取れない浩が浅海の頭を摑んでいる。引き剝《は》がそうとする力に抵抗しながら尚もいたぶる。首までたくし上げられたトレーナーの下で、白い肌が呼吸と共に上下している。両手で撫で回し、新しい印を付けようと、唇を這わせた。胸、脇の付け根、横腹と、紅い花が散っていく。唇から逃れようと、浩の身体がずり上がっていくのに合わせ、浅海の唇も下へと滑っていった。

ジャージのウエスト部分を引き下げ、柔らかい腹部にも痕を付ける。もっと下へ行こうとする浅海を浩が渾身《こんしん》の力で引き剝がしてきた。

頭を持たれたまま荒い息を繰り返す浩を見つめる。浅海の息も上がっていた。腕を伸ばし、浅海も浩の頭を摑んだ。引き寄せ、下りてきた顔を両手で挟み、キスをする。

告白をし、キスを交わし、お互いの気持ちも確かめた。順番は守った。だからその先に進みたい。どうしても進みたい。

「……時間」

キスの合間に喘ぎ喘ぎ浩が声を出す。

「仕事、行くんだろ」

「おまえは？　今日が納期とかいうのはないか？」

浩の問いに、浅海も一応浩のスケジュールを聞いてみる。急ぎの仕事があったらあとで手伝うからと説得する心構えだ。

「あんたこそ。部屋開けっぱなしなんだろ」

「気にするな」

「泥棒入ったらどうするんだよ」

「入らない」

「言い切ったな」

「入ってもいい」

「駄目だっ……て」

承諾の言葉を出さない唇を塞いだ。

「あ……んぅ」

抗議の声を出す前にまた塞ぐ。繰り返し離れては合わさる行為を続けるうちに、それは溜息と喘ぎに変わっていった。やがて浅海の髪に差し込まれた指が、掻き回すようにして愛撫に応えだす。

「……ん」

甘く呻《うめ》いて、浩が浅海を誘い込む。差し入れた舌を吸われ、絡められる。唇を離さないまま上着を脱ぎ、コーヒーに染まったネクタイを弛めた。

浅海の行動を見守る浩は、もう異論を唱えない。そして、浅海の弛めたネクタイに手を掛け、外しにかかってきた。シュル、とネクタイが襟元から滑り、次にはワイシャツのボタンを外している。浩の手の行方を追い、黙ってされるままに脱がされていった。シャツの前を開かれ、肩から落とす。アンダーシャツを引っ張り出すのを手伝い、首から抜いた。

上半身を晒《さら》した浅海を、浩が見つめている。

そっと差し出された手を掴み、自分の肌へと招いた。仄《ほの》かに笑い、浩が浅海の感触を楽しんでいる。笑い返し、膝立ちのまま、浩の身体を抱きしめた。

たくし上げたトレーナーはそのままで、もう一度ジャージに手を掛ける。浩も今度は抵抗せずに、素直に腰を浮かし、脱がされていく。

両足からすべてを抜き取り、目の前のそれをじっと見つめた。

男に性欲をそそられたことはない。だが、今目の前にある紛れもない男の象徴が、僅かに興奮を示している様子に、嬉しく感じる自分がいた。

ソファに座ったままの浩の膝を更に開き、身を沈める。

「……あ、……ぁあ」

腿の内側に唇を這わせ、興奮の兆しを見せる中心を掌で包んだ。緩く上下させると、忽《たちま》ち硬度を増し、育っていく。手の動きを止めないまま片足を持ち上げ、ソファの膝掛けに押しつけると、密やかな蕾《つぼみ》が露になった。

身体を起こし、じっとそれを観察する。白い肌に浮かぶそれは柔らかな桜色をしていて、綺麗だと思った。

浩のそんな姿を目の前にして、浅海は明らかに欲情していた。スラックスの中の浅海自身が、触れる前から布を突き破りそうな勢いで勃《た》ち上がってきた。

そんな浅海の表情を、浩も見つめている。羞恥と不安と憤怒が混ざり合ったような不思議な顔をしたまま、自分を見ている浩に笑い掛けた。

「どうした？　恥ずかしいか？」

「そりゃ……あっ」

床についていたもう片方の足も担ぎ上げ、肘掛けに掛ける。両足を大きく割られた浩が浅海の腕を摑んできたが、力が入らず為すがままに、あられもない格好を晒している。

「……可愛い」

「やめ、やだっ、やめ、て……ぇ」

首を振り、逃れようとする身体をソファに縫い止めたまま、ゆっくりと秘部に口づけをした。

「んんぁ、やぁ……」

舌先でチロチロと擽ると、浩はくぅ、と子犬のような鳴き声を上げ、仰け反った。抵抗を失った浩の白い膝裏から手を離し、自分の唾液で濡らしたそこに、指を滑らせた。指先ですりすりと撫でてから、慎重に中指を潜り込ませる。

「あっ、あぁああっ、ひぁ、……ぁあ」

跳ね上がった身体を宥めるように撫でながら、先走りを溢れさせた先端にも吸い付く。

「はぁっぁあ……ぁ」

浩の喜ぶ声を聞き、止まらなくなる。苦みのある滴りを舐《な》めとり、そのままくびれ、裏筋と、舌を這わせながら、潜り込ませた中指をツプリ、と埋め込んだ。

「あぁ……ぁん」

今度は赤ん坊のような高い声を出し、一瞬抵抗するように指を締め付けてきた。しばらく待っているとそれが次第に緩んでくる。

第一関節まで潜り込ませた中指を、ゆっくりと回し、浅く抜き差しする。柔らかく解けていく中が濡れてきた。ネットで調べた通り、刺激を与えると、粘液が分泌されるらしい。先へ進めば、快楽のツボに辿り着くはずだ。

身体を起こし、一旦指を抜くと、浩は「や」と小さく抗議の声を出した。浅海を見上げる表情は、快楽の予兆に溶け、去ってしまった刺激を欲しがり、甘く、甘くねだってくる。

可愛い。

小さく開けた唇が、言葉にならない声を伝えようと震えている。

「どうした？」

やさしく微笑みながら、浩の懇願を聞いてやろうとその目を覗く。

「……や、浅、海さ……」

「ん？」

「ぁ、……っと、もっと……して」

蕩《とろ》けた表情で、続けろと哀願してくる。今までも十分可愛らしかったが、こんな可愛い顔をした浩は見たことがない。

大きく開かれた足のあいだで、涙を零して揺れている中心を撫で、そうしながら濡らした指を欲しがるそこにもう一度侵入させた。

「あんっ」

「……ここか？」

「やぁ……、っあ、あ、あ」

道がついた場所まで行き、その先をまたゆっくりと解しながら、浩が怪我をしないように進めていく。そうしながらもう一方の手で、白い太腿を宥めるように撫でてやった。

「あ……や、だ、やだ、やだ」

「いやなのか？」

駄々を捏《こ》ねるように浩が首を振り、どうしたいのだと、なんでも聞いてやるぞと、またやさしく声を出す。

「や、や、まえ……も、一緒……触っ……て」

随分と欲深な懇願に、思わず笑みが零れ、そのこめかみにキスを落とした。要望通り、浩の足元に身体を沈め、すっかり形を成したそれを口に咥《くわ》える。

「あぁああああんっ」

一際高い嬌声を上げながら、浩が白い胸を仰け反らせた。

自分の姿が信じられない。

浦安の狂犬と呼ばれた男が、同じ男の足元に跪《ひざまず》き、身体を丸め、声の主の要望に応えようと、ひたすらに奉仕を繰り返している。

それが嬉しくて堪らないのだ。

不安定な姿勢で、好きなように動けない浩の代わりに、自分が動いてやる。先端を舌で包み、撫で、裏筋に吸い付き、また呑み込み、上下させる。そうしながら、差し込んだ指で後ろも抜き差しを繰り返す。

中指はもう根本まで埋まり、今度はさらなる刺激を与えようと、中を探っていった。

「あぁっ！　あーーーーーー」

指を曲げた先の、コリっとした部分に触れたとき、浩が絶叫し、身体が大きく跳ねた。

咥えていた唇を離し、浩の顔を見つめる。喘ぎながら、浩が見つめ返してきた。目には涙が溜まっている。

「いいとこ……当たったな」

「んんん、っっん、んん」

仰け反った拍子に椅子からずり落ちた背中を支え、もう一度安定させると、指を動かしながら浩の表情を見つめ続けた。

「……浅海さ、ん。あ、さ……ぁあん」

離れてしまった前への刺激を求め、またも可愛らしくねだってこられたが、快感に喘ぐ浩の顔も見ていたい。

深く埋め込まれた指で浩の喜ぶ場所を刺激しながら、更に指を増やす。ゆっくりと解された入り口は、二本目も呑み込んで、収縮しながら浅海を誘ってきた。

たくし上げられたトレーナーの下で、浩の指が自分の胸を愛撫している。白い肌には先ほど浅海が付けた紅い痕が無数に散らばっていて、その上を浩の指が滑り、自分を悪戯している姿がなんとも艶めかしい。

「気持ちいいのか?」

「ぁん、……ぅん、ふ、ぁん、あぁ……」

もう片方の浩の手は、もどかしげに自分の下腹部の辺りを彷徨《さまよ》っている。自ら刺激を求め、行き着きたい場所へ行こうとするのを、羞恥が邪魔をしているらしい。

「あぁ、あさ……み、んんぁ、……ねがい。触って」

可愛い声で浩がねだってくる。その唇に吸い付き、舌先で可愛がりながら、同時に指で浩のいい場所を刺激してやる。

「あぁ、ぁああ、あさ、み……さぁあん、あ、あ」

「自分でしてみろ。見ててやるから」

「やぁ……」

耳元で囁き、ほら、と促し、埋め込んだ指を動かす。

「ん……ふぅ……ぁぁ、ん」

恥ずかしげに下腹部を行き来していた指が、戸惑いながら下りていく。浅海の視線に促されて、やがて我慢できなくなったように、浩が自分自身を摑んだ。

「……あ」

「触れたな。……動かしてみろ」

浅海に見られながら、後ろの動きに合わせ、ゆるゆるとその手を上下させ、浩が自慰をしている。いやらしい姿が、壮絶に可愛らしい。

「浩……可愛い」

「や、見ない……で」

「見たい。可愛いから」

目にしたままの感想を、何度も口にし、浩を安心させてやる。浅海の声に、浩は甘えたような表情を見せ、今度は口づけをせがんできた。望むまま与え、舌を絡ませる。

やがて快楽に羞恥が飛ばされ、開いたままの身体が、柔らかく波打ちだした。

「も……ぁ、あ」

「イキたいか?」

指は三本まで増やされていた。

「ん、ん」

「まだ駄目だ」

「やだ、もぅ……イク」

「浩」

我が儘な浩の願いをやさしく却下する。

「やだ……ぁ、やだぁ」

駄々を捏ねるような声を出す唇にキスを落とし、引き留めようとするその場所から指を抜くと、泣き出しそうな顔をして、浩が見つめてきた。

「……あっ」

ソファからずり落ちそうな浩の身体を抱え上げ、ラグの上にそっと置いてやった。

「摑まって」

四つん這いにさせ、今まで足を掛けていた肘掛けに、今度は浩の手を誘導し、摑ませる。快感を欲しがりトロトロになっている浩は、素直に浅海の前に無防備な姿を晒していた。

「……ああ」

目の前にある白い双丘を眺め、思わず溜息が漏れた。思い描いていた通りの美味しそうなそれが、浅海を誘ってくる。頰ずりをしたくなるほどの、白い、桃。

両手で撫でると、それがキュッと締まり、「ぁ……」と浩が鳴いた。滑らかな肌が浅海の掌にヒタリと吸い付いてくる。柔らかくて……温かい。

「これは……」

なんて気持ちのいい触り心地なんだろう。夢中で撫で回し、我知らず顔を近づける。

「浅海さ……あっ、……何やって……んんっ、ん──っ」

さわさわと唇で撫で、大きく口を開けてカ、プ、と噛むと、驚いたような声を上げて、浩が尻を振った。僅かな痛みから逃れようとする行為なのだろうが、浅海にはもはや誘っているとしか思えない。

桃のような白い尻が、浅海の歯形を付けてフリフリと揺れている。赤いそこを指でなぞり、次には舌を這わせてペロペロと舐めた。

「う、ぁ、ああ、や、めて……って」

頰ずりをし、舌を這わせ、甘噛みし、いつまでも可愛がっていたいと思うが、それとは裏腹に浅海の下半身が俺にも味わわせろと暴れていた。身体を起こし、ズボンの前を寛げ、すでに獰猛《どうもう》な形を成したソレを取り出した。

「……浩」

名前を呼び、今までいいように弄《もてあそ》ばれていた浩の桃尻の蕾の部分にそれを宛がう。

「もう……入るだろ？」

「あ……」

ぐ、と入り口をこじ開ける。浩の顎が上がり、僅かに腰が震えた。宥めるようにやさしく撫で、慎重に進めていった。

「あっ、あっ……や、ぁ、広がっ……」

先端をほんの少し埋め込み、馴染むのを待って、それから更に奥へと沈めていく。

「く……は、ああ……」

浅海の喉から声が漏れた。浩の中は狭く、熱く、信じられないくらい気持ちがいい。十分に解してやった中は、浅海を招くようにやわやわと締め付け、また溜息が漏れる。

「浩……」

「も……無理……浅海さ……」

「もう少し、な。浩」

「……ん、ん」

浅海がやさしく宥めると、柔らかく息を吐いた浩が、浅海を受け入れようと、身体の力を抜いた。肘掛けを摑み、眉根を寄せた横顔が可哀想だとも思うが、ここまで来たら、もう自分でも止められない。

撫でていた掌で細い腰を摑み、一気に深く、打ち込んだ。

「はぁっ……あぁっ、ん」

悲鳴にも近い声で浩が鳴き、大きく反り返った。最奥まで押し入り、すぐにでも動きたい情動を堪え、浩が落ち着くのを待った。

苦しげに喘いでいる呼吸に合わせ、白い背中が波打っている。浅海を受け入れ、静かに痛みに耐えている浩に、言いようのない愛しさが込み上げてきた。

掌で柔らかい肌を撫で、髪を梳《す》いてやる。

「浩……浩……全部入ったぞ」

浅海の声に、髪を撫でられていた浩の頭が僅かに上がり、こちらを振り向こうとしている。身体を動かさずに腕を伸ばし、上気した頰に触れ、やさしく撫でた。

「ぜん、ぶ？」

「ああ。痛いか？」

「分かんない」

出す声があどけない。幾分舌っ足らずな口調になっているのが可愛らしく、色っぽい。

「分かんないか？」

「ん」

試しにゆっくりと揺らしてみると、浩が「あっ」と叫んだ。

「つい……」

「痛いか？」

動きを止め、もう一度聞くと、浩ははぁ、と息を吐き、ソファに胸を付けるようにして可愛い尻を突き出してきた。

「浅海、さ……、い……ぃ、なか、き、もち……い……」

「いいのか……？」

「……ぅん、……うん、い……ぃい、いい……」

浩の言葉に促され、ゆっくりと抽挿を始める。抜き差しをする度に、浩の声音がどんどん上がっていき、それに煽《あお》られて段々と速さが増し、激しい動きに変わっていった。

「あぁ、ああ、あ、あ、あ、あ」

仰け反った浩は、もっと深くと誘うように自ら腰を浮かせてくる。掻き回すように大きく腰を動かすと、浩の身体もそれに合わせうねった。

「はぁ……ん。あ、あ、あぁ」

浅海の動きに付いてきながら、浩の唇から声が迸《ほとばし》る。腰を僅かに引くと、中が収縮して浅海を引き留めようとでもするように絡みついてきた。

「……くっ」

持っていかれそうな強い刺激に、喉を詰め堪える。引いた腰をもう一度突き入れると、仰け反った白い喉がくぅ、と音を立て、浩の内部がますます絡みつき、誘ってきた。

抽挿を繰り返す、その度に浩が泣き声を放つ。白くいたいけな肌は、浅海によって可哀想なほど無残に広げられ、その光景を目の当たりにしながらやめられない。

「……ああ、浩……」

浅海に翻弄されている姿が可愛くて仕方がない。その可愛い浩を自分が泣かせているという状況に、頭の血管がブチ切れそうなほどに興奮した。指が食い込むほど強く腰を摑み、激しく責め立てる。羞恥をすでに手放した白い肌がうっすらと赤みを帯び、嬌声と共に喜びのたうっている。

「あぁ、ああ、ああ、ああ」

強く打ち付ける音と、粘液の混ざり合う淫猥な水音と、浩の声と、浅海の息の音と、部屋中に二人の音だけが響いている。

「もう……だ、めぇ、イク、イ……ク」

浩のいい場所を執拗《しつよう》に刺激しながら腰を揺らし続けると、浩はぽろぽろと涙を零しながら、終わりを懇願した。

「いいよ。イッてみな」

浩の好きな場所に当て、小刻みに腰を揺らし、絶頂を促す。

「あ……ん、あ、あ、あぁ、ああ、ああ」

見開いた目から涙が零れ落ち、ああ、ああと浩が子どものように泣いている。

「やぁ、やあ、ああ……っ、あ、さみさん」

泣きじゃくりながら、浩が浅海の名を呼ぶ。

「ほら、イってみろ」

強く揺さぶると、浩は身体を波立たせながらブルブルと首を振った。

「イ、けな……ぁ、浅海さぁ、んん、ぅ、どうしよう、あ、なんとかして……ぇ」

絶頂に上り切れない浩が、困惑したまま快楽の波に翻弄されている。どうしよう、どうしようと、浅海に縋《すが》ってくる声に愛しさが込み上げる。

身体を倒し、反り返っている背中を抱くようにして腕を回す。耳元に唇を寄せ、鳴き声を上げている口元にもキスをした。腰を揺らしながら回した手で浩の中心を柔らかく包む。

「あ……んん、ふ、ぁ……んん、んぁあ」

腰を送ると共に包んだ掌も動かした。浅海に押されるように浩の腰も前後し、掌の中を行き来し、みるみるそれが濡《ぬ》れてきた。

「ああ、あ、あ、あ、あ、あ」

「……これならイケそうか？」

新たな刺激に浩が嬌声を上げ、自ら腰を揺らし刺激を求めてきた。浩に合わせ、浩の望むように動いてやる。いやらしく腰を蠢かせ、波立つ身体を撫で回す。濡れた屹立を可愛がりながら、もう片方の手で胸の突端を摘み、軽く捻ると、浩はまた声を上げた。

ソファにしがみついていた腕に力が増し、ようやく辿り着けそうな浩が大きく仰け反った。

「あぁっ、ああっ、あ……あーーーっ」

溢れ出した白濁が、浅海の掌を濡らしていく。ソファとラグに飛び散っていくそれを眺め、浅海もまた限界を迎えていた。

「浩……っ、俺も……イクぞ」

放埒《ほうらつ》の余韻を待ってやる余裕もなく、強く打ち付けると、浩がまた嬌声を上げた。

「あああぁあんん、あっ、ん、あぁあ」

大きく腰をグラインドさせ、次の瞬間、深く深く突き入れる。

「あ、ぁ、く……は……っ、浩、浩……っ、っ」

迸る熱を浩の中に放出し、浅海も絶叫に近い声を上げた。すべてを注ぎ込み、放心したような状態のまま、揺れ続けていた。浩もまた放心したまま、浅海にいいように揺らされている。白い背中が柔らかく波打ち、肌のあちこちに浅海の指の痕が赤く残っていた。

あの最中の浩の姿を反芻《はんすう》しながら揺れ続けているうちに、また力が漲《みなぎ》ってくる予感がした。

いつもの生意気な浩も可愛いが、快楽に従順で、子どものように貪欲に欲しがる浩もまた、とてつもなく可愛い。皮肉と自虐しか知らないような口から飛び出すあの舌足らずの声はどうだろう。すぐにでももう一度鳴かせてやりたいと思う。

揺れながらそんなことを考えていたら、案の定また興奮してきた。

「……浩」

「……ん」

未だ放心状態の浩を呼ぶ。

「もう一回やるぞ」

「えっ」

「次、ベッド行こうか」

繋がったままの身体を一旦離し、仕切り直しとばかりに浩を立たせ、寝室に行こうとしたら、激しく抵抗された。

「ちょ、あんた、会社は？」

「まだ時間がある」

「部屋！　鍵開けっぱだろ」

「もう一回ぐらい大丈夫だ」

「大丈夫じゃないよ。今この時間にも泥棒が入ってるかもしれないじゃないか」

「じゃあ、どっちみち手遅れだ」

「あんた、馬鹿か？」

あれ？　さっきの可愛い浩はどこへ行った？

「だいだい、こんな……」

ブツブツ言いながら、トレーナーの裾を下げ、散らかった衣類を拾っている。浅海はと言えば、上半身裸で、スラックスを履いたまま、出しっぱなしの状態だった。

「こんな……」

鬼のような顔をして、そんな浅海を睨んでくる。

「どうした？」

「こんなところで……あんた順番がどうのって、滅茶苦茶じゃないか！」

どうやらここですべての事に及んでしまったことが不満らしい。だがそれは、浩だって承知の上でしたことだろうと浅海は思う。続けろ、やめるなと自分に命令したのは浩だ。

「順番は守ったつもりだが。別にいいじゃないか。刺激的で」

「俺、初めてだったのにっ！」

「ええっ！」

これには驚いた。嘘だろ？　だって、あんなに……エロかったじゃないか。あれで初めてなのか？

驚いて二の句が継げない浅海を、浩がまた睨んできた。

「どうせ今、この淫乱が！　とか思っただろ」

人の心を読む男は、的確に自分を表現していた。

「いや……まあ、それについてなら俺は全然構わないぞ。むしろ大歓迎だ」

どんなにきつい眼差しで睨まれても、手に入れてしまった今は、どんなことを言われようが構わない。ことこの男に関しては、何でも受け入れられることを自覚している。

まだぶつくさ言いながら、身繕いをしている浩を抱き寄せ、キスをする。

浩の要望はすべて聞き入れられる浅海だが、浩もまた、最後には浅海の意見を聞くことも、ちゃんと知っている。

「ん……」

軽く顎を持ち、もう一度キスをする。

現にこうしてまた浅海の腕の中で力が抜けていく様子を微笑ましく思っていた。

「……どうでもいいけど」

「ん？　なんだ？」

「それ、いい加減仕舞えよ」

怒った顔をしながらも浅海のキスを受け入れた浩は、浅海の下半身を指して、そう言った。

ワインを買っていくと言ったら「別に。飲みたきゃ勝手に買ってくればいいじゃん」という返事がきた。相変わらず人の意見を一回で承諾するということを知らない。

そんなものは最初からだったから一向に構わないが。

そして宣言通りワインを持って部屋を訪れれば、ワインに合うつまみなどを用意して待っているのだから、可愛いことこの上ない。浅海が喜んでそれを褒めると、期待通り食って掛ってくるから褒めるのをやめられない。

岡山《おかやま》に出張に行ってきた。

依頼人の婚約者として、実家のある岡山のとある病院まで出向き、齢《よわい》百歳になるという曾祖母に、ご挨拶をするという役は、浅海がこの仕事を始めた当初から続いているものだ。

日に三十分ほどしか起きていないという曾祖母の起床時間を見計らい、ひ孫の婿さんが来たと言って涙を流して喜ぶひいばばの手を握り、浅海も毎回滂沱《ぼうだ》する。時間が経つにつれ、ひいばばの記憶がひ孫の婿から太平洋戦争で戦死した自分の夫へと変貌していくと、それに合わせて忙しく役柄を変更する。ひ孫さんを大切にしますと約束した五分後には、出征先の満州《まんしゅう》で捕虜となり岡山へ帰れなかったのだと説明をし、戦後のひいばばの苦労話にまたもや涙し、一周まわって現代に戻ってきたひいばばに、玄孫の顔を見るまで元気でいてくださいと励ました。

今回も見事に役をこなしきり、恒例の岡山名産を持たされて、その足で浩のマンションまでやってきたのである。

出張の前には浩の仕事が立て込んでおり、自宅で作業をしなければならない浩にとって、修羅場での浅海の存在は、邪魔にこそなれ決して役に立つものではなかったから、絶対に来るなと厳命されていたために、こうして浩の部屋を訪れるのは、実に五日振りだった。

浩と晴れて恋人同士という仲になり、合い鍵ももぎ取って、お互いに気兼ねなく行き来できるようになって以来、これほどの長い期間逢えないことはなかったので、出禁が解かれ、五日振りの再会の祝いにとワインと岡山土産を引っさげてやってくるのは当然のことだ。

かつてはプライベートで恋人に気を遣いたくないなどと、どの口が言ったものか。昔の浅海を知っている者が見たら、腹を抱えて笑うだろう溺愛振りだった。

二人でワインを開け、話すあいだも浮かれっぱなしだ。自分のために心を込めて用意してくれた出来合いのオリーブのオイル漬けを楊枝《ようじ》に刺してくれようものなら、「俺のために……」と、涙を落としかねない浅海だった。

楊枝を刺してくれたお礼に、土産の桃は浅海が剝《む》いてやることにする。

「夢白桃」というネーミングのこれは特に気に入っている。他の品種の桃よりも幾分堅めで、この白さがいいと思う。何より名前がいいじゃないか。「夢のような白い桃」。……まるで浩のようだ。

「……桃ひとつ剝くのに、何がそんなに楽しいんだ？」

丁寧に桃の皮を剝いている浅海に浩が聞いてきた。

「大好物なんだ」

「……ふうん」

疑わしげな目を向けてくる浩に、「ほい」と切り取ったひとつを渡してやる。

「甘い」

受け取った一切れを口に含み、笑う顔を見て、こちらも満足して笑う。

「そうか。全部剝くか？」

「そんなに食えねえよ」

浅海が持ってきた桃は十二個入りの桐箱だった。

「袖、濡れる」

そう言って、浩が浅海のシャツの袖を捲《まく》ってくれた。出張帰りでそのままここへやってきたから浅海はスーツのままだった。汁気が少ない品種とはいえ、桃を剝いているうちに、汁が伝い、手首まで濡れていた。

大人しく浩に両方の袖を捲ってもらい、用意してあったタオルで手も拭いてもらう。怒ったように唇を尖らせ、一生懸命に浅海の掌を拭いてくれている。俯いた睫毛は相変わらず長く、蛍光灯の下でも影を落としていた。

「浩」

これは、誘っているんだなと思った。

五日も逢えないでいたのだ。浩だって浅海と同じ気持ちだったに違いない。まさに以心伝心だと、丁寧に拭いてくれている掌を握り返し、引き寄せた。

「なんだよ」

急に摑み返された浩が不穏な声を出すが、いつものことだから気にしない。

「……浩」

「だからなんだよ」

「俺も同じだ」

「は？」

浩の誘いを嬉しく思い、俺も同じ気持ちだと、その誘いに乗った旨を伝えたのだが、天の邪鬼の浩はわざと分からない振りをしている。

まったく可愛い奴だ。

手を握ったまま立ち上がり、寝室にさあ行こう、今すぐ行こうと引っ張るが、浩は訳が分からないというように、抵抗する振りなんかをまだしている。

「ちょ、桃、桃は？」

「食べるのか？」

「だって、まだ一切れしか食べてない」

皮を剝かれ、一口サイズに切り分けられた桃がテーブルに放置されている。

「食べたいのか？」

「食べる」

「そうか」

回転の速い頭が素早く切り替わる。寝室に行かず、ここでこのまま事を起こすということだなと納得した。

浩の要望はすべて叶えてやりたい浅海だった。

立ったままテーブルに手をついた浩が、浅海の手から直接桃を食べている姿が脳裏に浮かぶ。その姿はもちろん全裸だ。浩に桃を食べさせながら、俺が浩のももを食す……。

「……桃プレイか。いいな」

「は？　なに？　なんだその『桃プレイ』って」

この期に及んでまだしらばっくれる気か。

皿の上から一切れを摘み、浩の口に運んでやる。一瞬躊躇するような仕草を見せた浩も、桃が唇に当てられると、素直に口を開けた。

ツルリと口の中に収まった桃を味わっている唇に、自分の唇も押し当てる。中に侵入して、浅海も甘い桃を一緒に味わった。

「……ん」

桃の汁が口元から溢れ出した。唇をずらし、顎を伝う甘い汁も舌で舐めとり、もう一度口腔へと押し入った。

口の中の桃がなくなり、もうひとつ摘んだ。さっきよりも大きめの桃を半分咥えたままの浩が、誘うように浅海を見つめ、浅海は残りの半分を口に含んだ。

やはり買ってきた全部の桃を剝いておけばよかったなと、浩と一緒に桃を味わっていると、テーブルに置いてある携帯が鳴った。

着信音で誰からか分かっているから、むろん無視をしていたのだが、鳴り続ける携帯の音に、浩のスイッチが切れてしまった。

「おい、電話」

「いい」

「よくないだろ」

「どうせ大した用事じゃない。それに携帯触れない」

手づかみで桃を摑んだから、桃の汁で手が濡れていて、本当に携帯を取ることができないのだ。

ナイスな言い訳でプレイ続行を望む浅海に、手の汚れていない浩が、親切にも携帯を取り、耳に当ててくれた。ご丁寧に通話ボタンも押してくれている。そういうやさしい気遣いは、この場合いらなかったのにと、残念に思いながら、観念して電話に出ることにした。早いとこ用件を終わらせ、試合再開に臨むのが賢明だろう。

「切るぞ」

いきなり用件を終わらせようとした浅海に、電話の相手が慌てている。

『ちょ、なんだよ兄貴』

「今忙しいんだ」

『出てんじゃん』

「うるさい。用はない。切るぞ」

『ちょ、ちょ、俺があるんだって』

浅海の口調で相手が誰かを悟ったらしい浩は、携帯を持っていないほうの手でタオルを掴み、浅海の手に乗せてきた。いつまでも浩に携帯を持たせているわけにはいかないから、仕方なく渡されたタオルで手を拭いた。

汁気のなくなった手で携帯を受け取り、ますます不機嫌な声で弟に対応する。

「で、なんだ。用件によっちゃあおまえ、あとでとんでもないことになるぞ」

この場合、とんでもないことにならない用件とは、親が事故に遭ったとか、殺人事件に巻き込まれたとか、それぐらい限定されたものだったから、かなりの確率で弟はとんでもない目に遭うことになるわけだった。

『あのさ、今日親父から連絡があって』

「事故か？　誰か瀕死《ひんし》の怪我でもしたのか」

『違うって。誰もしてねえよ』

吊《つる》し上げ決定だった。

『親父んとこに会長から連絡があったんだって』

「……会長から？」

浅海達が呼ぶ「会長」は、ひとりしかいない。昔世話になったボクシングジムの会長だ。

浅海の声音が変わったのを聞き、黙って残りの桃を頬張っていた浩がこちらを向いた。なんでもないよと目で浩に応えながら、弟の次の言葉を待った。

学生時代から世話になっている会長は、浅海がボクシングを辞めた今でも気に掛けてくれる。ときどきは浅海にも電話をしてくるし、父親とも仲がいい。荒くれ者だった息子を更生の道に導いてくれた恩師として、家族ぐるみで未だに親しく付き合っているのだ。

『決まったってよ。世界戦。タイトルマッチの挑戦権獲ったって！』

「そうか。それはよかった」

『ああ。すげえよな。会長、電話口で涙ぐんでたってよ』

それはそうだろう。

浅海がいた頃から、そこは小さなジムで、十年経った今でもそれは変わっていない。ボクシング全盛期だった数十年前に比べ、衰退を辿る一途だったボクシング界で、今でも続いていることが奇跡のようなところだ。

そうでなくても有望な選手は大手が独占しているし、その中で世界タイトルの切符を得ることなど、まさに奇跡に近い出来事だった。壮行会があるから是非出席してほしいと、家族に連絡が来て、弟が浅海に報告をする役を引き受けたのだろう。

プロボクサーを諦め、就職した浅海を応援してくれ、今の浅海の状況を喜んでくれている会長だ。浅海を見いだしてくれ、世界への夢を賭けてくれた。その夢を叶えてやれなかったという負い目を持つ浅海は、自分を責めない会長の背中に、いつも無言で頭を下げ続けていた。

その夢が十年以上の月日を経て、手が届くところまでやってきたのだ。会長の喜びがどれほどのものか。そして、浅海もやっと少し、背中の荷物が軽くなる感覚を味わえたのだった。よろしく伝えてくれと電話を切ると、浩は黙々と桃を食べていた。もうひとつ剝いてやろうかと手に取った浅海に、「知弘さんから？」と、聞いてくる。

「ああ、うん」

皮を剝こうとすると「もういいよ。お腹いっぱい」と言った浩は、いつもの通り何も言わない。

プロボクサーを目指していたことも、挫折したことも、浩は知っている。浅海がその詳しい事情を口にしたくないことも、たぶん。

「世話になったジムから、世界挑戦者が出たそうだ」

「そう」

「その報告だ」

「凄いね」

「ああ、凄いことだな」

空いた皿をキッチンに運ぶ浩を手伝って浅海も移動する。

「まだ飲む？　ビールならあるけど」

「ああ、そうだな。もらおうか」

浅海の返事に浩が冷蔵庫からビールを取り出し、浅海は新しいグラスを用意した。

「あのさ」

「ん？」

グラスにビールを注いでくれながら、浩が話し出す。

「別に、言いたくなきゃいいんだけどさ」

「……ああ」

「過去のこととかさ。聞かされても『そうか』って言うしかないんだけどさ」

「ああ、うん。そうだな」

「前に浅海さん、俺に聞いてきたよね。何があったって」

「聞いた」

「俺は話したよね。乾のことを、ちゃんと」

「あああ、そうだな」

「ま、別にいいんだけどさ。言いたくないなら。俺に言ったってどうせどうにもならないし」

「浩」

「昔のこと聞いてどうすんだよおまえ関係ないしな、って言いたいんだろうけど」

「いや、そんなことは言わない」

「なに好奇心丸出しにしちゃってんの？　ほっとけよ」

「思ってないから、そんなこと」

「どうせおまえなんかに分かる話じゃないんだ、ばーかばーかとか」

好奇心と気遣いを背負ったまま、また後ろ向き一周旅行に出掛けてしまった浩の機嫌をなんとか取ろうとする浅海だが、これが始まってしまったら、結局一周して戻ってくるのを待つしかない。

「ボクシングとか、俺全然知らないし」

「そういう人もいるさ。だいたいの人は知らないんじゃないか？」

「言われたってちんぷんかんぷんだし」

「まあ、そうかもな」

「だからそんな奴に説明したって面倒なだけだしな」

「面倒というほど複雑なものでもないが」

「ふうん。でも話したくないんだよね。俺には」

「あ……いや、そうじゃなくて」

「知弘さんとか家族とか、昔の知り合いはみんな知ってるけど、俺に話すのは嫌なんだよね」

「……要するに聞きたいんだな」

二週目の旅に出掛けていきそうな勢いに観念して、溜息を吐いた。

「別に。話したくないならいいよ」

「いや。話すのは構わないんだが」

いつになく歯切れの悪い浅海の返事に、浩がじっと見つめてきた。

覚悟を決めて話したほうがいいんだろうとは思う。思うのだが、なかなか決心がつかなかった。説明は簡単なのだ。だが、それを口にするのには、浅海にとってはどうにも勇気のいる話でもあるのだ。

「……駄目だったんだよ」

やっとの思いで口火を切る。浩は浅海の次の言葉を待って、じっとしている。

「あれが……どうしても駄目だったんだよ」

「あれ？」

「そう、あれ……マウスピース」

浅海を見つめたまま、浩が首を傾げた。

「マウスピースって、あの、口にはめるやつ？」

「そう」

「白いゴムみたいな……」

「まあ、白とは限らないが」

「試合開始のときとか、あーん、って入れてもらってるよね。テレビで観たことがある、あれ？」

浩の説明するその光景がリアルに脳裏に蘇《よみがえ》り、「うっ」っとなって思わず口に手をやった。

「マウスピースが苦手なの？」

「ああ、付けられない。入れるとオェってなる」

「でもあれしないと口の中切っちゃうよね」

「そうだ。だから絶対にしないといけない」

咥えて黙って立っているだけならなんとか我慢できるのだが、マウスピースはただ立っているときには咥える必要がないわけで、殴り合いなどの、激しい呼吸をしているときに、あれが口の中に入っていると思うだけで、どうにも集中できなくなってしまうのだ。

「それができないからボクサー諦めたの？」

「……ああ」

「マウスピースが原因で？」

「どうしても無理だったんだよ。あんなの口に入れたまま試合なんかできねーよ！」

慣れれば平気なはずだと、スパーリングの数よりも、マウスピースを咥える訓練に明け暮れたようなボクサー時代だった。

練習は付いていけた。シャドーもパンチングボールもサンドバッグも、相手さえいなければ、すぐにでもランカー入りできそうな実力だったのは確かだ。会長もジムの連中も家族も巻き込んで、浅海でも大丈夫なマウスピースを探しに奔走してくれた。

だが駄目なのだ。

口の中に何かを入れるという行為自体が駄目なのだ。

だから歯医者にも行けない浅海だった。口腔内のケアは決して欠かさない。それでももし虫歯になり、治療を受けなければならないときは、全身麻酔をするしかないと覚悟を決めている。

浅海の話を聞き、浩が考え込んでいる。解せないという顔つきで、首を傾げた口元が緩み、それを浅海に気取られまいと、必死に堪えている様子が丸見えだった。

「……だから言いたくなかったんだよ」

「あ、いや。うん」

出す声がいちいち裏返っている。

「どうせマウスピースができなくてボクシングを辞めた情けない人間ですよ、俺は」

浩のお株を奪い、どうせどうせと僻《ひが》んでみせる。とうとう堪えきれず笑い出した浩は、涙を浮かべ、腹を押さえている。

「俺、あんたが喧嘩にボクシング使って、ライセンスを剝奪されたって思ってたよ」

「そう思っておいてくれたほうがよかったな」

喧嘩にボクシングを使ったことはない。ジムに入って、浦安の狂犬はすっかり健全なスポーツマンに生まれ変わった。第一喧嘩にそれを使っても、ライセンスを剝奪されるような心配もなかった。なにしろそのライセンス自体、持っていない。プロテストを受ける際にも、あの憎《に》っくきマウスピースを咥えなければならないのだ。そんなテストを受けられるはずのない浅海だった。

浩は遠慮なく手放しで笑っている。それは気の毒だったと気遣われるよりは余程ましだが、それにしても楽しそうだ。

「おまえ、笑い過ぎだ」

憮然《ぶぜん》として注意をするが、浩の笑いはなかなか収らない。仕方がないから笑わせておいて、浅海はビールを煽っていた。爆笑のお返しに、あとで見ていろよといろいろと考える。

「そういえば、不思議だよな」

ふと思いついて呟いた浅海に、浩が笑いを引きずったまま、「何が」と問い返してきた。

「いや、ほらさ、咥えるのが苦手だろ、俺」

「ああ」

「でもさ、なんであれが平気なんだろうな」

「……なにが？」

笑いを止めた浩がまた聞いてきた。その目つきに不穏な色を浮かばせて。

「何がってそりゃ、おまえの……」

「それ以上言うな！」

全部を言い終わる前に、目を怒らせた浩に、皮を剝かれていない桃を口に突っ込まれて遮られた。

口で説明できないなら、態度で説明してやってもいいわけだが、人の心を読む浩は、そんな浅海の考えも、すべてお見通しらしかった。

狂犬は健気に愛を乞う

そこから動くなと厳命され、浩《ひろ》の背中を眺めながら、膝に置かれたノートパソコンを大人しく弄《いじ》っている。

山形《やまがた》に出張に行ってきた。

サクランボを手土産に、勇んで浩のマンションを訪ねたら、納期間際で修羅場中の浩に、鬼のような形相で出迎えられ、絶対に邪魔をするなと言い渡され、こうして大人しく待っている。

手伝えることがあるなら手伝いたいのだが、浩の仕事は浅海《あさみ》にとっては門外漢だ。何もしてくれるなそれが一番助かると言われ、でも帰れと言われなかったことだけが嬉しく、浩専用の一人掛けソファで浩の仕事が終わるのを、静かに行儀よく待っていた。

持ってきたパソコンで今回の出張の報告書を書いた。今後のスケジュールを確認、調整し、今はそれも終わり、浩に何かプレゼントをしてやろうかと、浩の喜びそうなものを求めてネットサーフィンをしているところだ。

『二人の夜が変わる！』などと銘打った広告に惹かれ、クリックする。様々な楽しそうなグッズに目を細め、あれこれ想像を巡らす。

媚薬《びやく》効能入りのローションとはこれ如何《いか》に！

どんな効能があるんだろう。ローションと一緒にお勧めされている、絶妙な動きで相手を狂わす『お殿様』という名の商品も気になる。しかも防水加工付きなら風呂場でも楽しめるではないか。値段が少しぼったくりのような気もするが、なに、浩が喜ぶならどうということもない値段だ。試しにひとつ注文してみて、気に入ったなら御用達にしてやってもいいと思う。他にはどんな商品があるのか。他所《よそ》の店もリサーチしてみなくては。

「仕事終わってなかったのか？」

熱心にネット検索をしていたので、浩がこちらを見ていたのに気が付かなかった。

「いや。ああ。まあ、いろいろとな」

さり気なく画面を閉じ、スケジュール表に戻しながら、ブクマするのを忘れない。

「山形から真っ直ぐここに来たんだろ？」

「ああ。帰りの新幹線でほとんど雑務処理は終わらせたから、最後のチェックをしていただけだ」

掛けていた眼鏡を外し、目頭を揉《も》みながら、浩が伸びをした。仕事の目処がついたらしい。

「終わりそうなのか？」

「うん。あとちょっと残ってるけど」

「そうか。一旦休憩するか？　コーヒーでも淹れよう」

気軽に立ち上がり、慣れた動作で浩のマンションの台所に立つ。コーヒーを淹れていると、座って待っていればいいのに、浩がわざわざ一緒に台所に入ってきた。

「お土産なに？」

マンションに着くなり邪魔をするなと厳命されていたため、黙って冷蔵庫に土産をしまったことを見ていたらしい浩が聞いてきた。

「サクランボだ。山形だからな。好きか？」

浅海の声を聞いた浩が顔を輝かせた。

「佐藤錦？　好き」

俺もお前が好きだ！

無邪気に喜んでいる浩を蕩《とろ》けそうな笑顔で見つめ、出してきたサクランボを洗ってやる。

コーヒーと土産のサクランボをリビングに運び、仕事用でないテーブルの上に置いた。

客が来ることを想定していない家具は小さなダイニングテーブルと、それ用の椅子が一脚あるだけだ。二人で食事をするときには、今浩が使っている仕事用の椅子を持ってきて座るのだが、今日はまだ仕事が残っているらしいと思ったから、浅海はコーヒーを持ったまま、さっき自分が座っていた一人掛けソファに腰掛けた。

ガラスの皿に盛られたサクランボを浩がさっそく口に含んだ。サクランボのような唇が、サクランボを食べている。共食いだ。美味そうだ。ふっくらとした唇が丸い果実を頬張っている姿を、口元を緩めたまま眺めていた。

「浅海さんも食べる？」

パクパクと美味しそうに口に運びながら、浩が浅海を気遣う。

「いや。いい」

浩を見ているだけで満腹な浅海だった。

「美味しいか？」

「うん。甘い」

いらないと言ったのに、やさしい浩は浅海のためにサクランボを運んできてくれた。一房を目の前にかざされて、「あーん」と馬鹿のように口を開け、サクランボを入れてもらう。

ここは天国かと思うほどの幸福感。

「なあ。サクランボの枝、口の中で結べる？」

口が不器用な浅海だ。そんな芸当ができるはずがない。

「できない」

浅海の答えに浩は得意そうに「俺、できるぜ」と言って、口の中に入れたサクランボの枝をコロコロと転がした。唇の動きが淫猥《いんわい》過ぎて、うっとりとそれを見つめる。

「ほら」

綺麗にひとつ結びにされた枝を舌先に乗せて、浩が浅海に見せてきた。

これは——誘っているんだなと思った。

「……浩」

立ち上がり、持っていたコーヒーをテーブルに置く。

「子どもの頃からこれは得意だったんだ」

浩の持っていたサクランボの皿も取り上げて、テーブルに置いた。得意げに舌を出している唇に吸い付き、サクランボの枝を取り上げ、飲み込んだ。

「食ったのか?」

驚いた顔をしている浩の顎を摑《つか》み、もう一度重ねる。

「あ……ん」

サクランボの枝は結べないが、対浩用に関してだけ器用に動く舌は、浩のスイッチを入れるのには長けていた。

舌先でチロチロと促せば、浩の薄いそれが震え、応えてくる。顔を傾け、横から塞ぎ、深く侵入しながら柔らかく撓《しな》る腰を抱いた。顎を摑んでいた指で輪郭を撫《な》でる。

「ふぁ……ぁ……ん」

鼻に抜けるような声を出し、浩が浅海を味わっている。

仕事がまだ残っているらしいから、あまり時間は割けないな、などと素早く頭で計算しながら浩を誘導する。

「行くか?」

さり気なく寝室に誘うと、潤んだ目をした浩は、それでも躊躇《ちゅうちょ》しながら「でも、仕事……」と、まだ悩んでいるようだった。スイッチの押しがまだ足りないらしい。

「少しだけ。な?」

唇を合わせ、背中を撫で、耳たぶを擽《くすぐ》る。

「そんなこと言って、浅海さん……すぐ……」

文句を言う口をまた塞いだ。

その気にさせさえすれば、どこまでも柔軟な浩だが、そこまでに連れていくのが難しい。

あまり急げばへそを曲げるし、強引にいけば反発してくる。まあそれもこの上なく可愛いのだが。

そして、そこを乗り越えさえすれば、あとはもう……天国へまっしぐらだ。

「じゃあ……ここで。このまま、な? 浩」

「……ここで?」

「少しだけだから」

目を見張って聞いてくる浩に、ほんの少しだけ戯れようと誘いを掛ける。

前にここでどんなことになり、「少しだけ」で終わったかどうかなど、おくびにも出さずにいけしゃあしゃあと「ほんのちょっと、休憩しよう」と、やさしく諭す浅海だった。

「……ぁ、あっ、あ、や……だ、やだ……ぁ」

身体を揺らしながら、浩が駄々を捏《こ》ねている。

目には涙をいっぱいに溜《た》めて浅海を睨《にら》んでくるが、どんな表情をされてももはやそれは甘く誘っているとしか思えない。

浩専用の一人掛けのソファを陣取り、浅海はゆったりと座っていた。そうして座っている浅海に向かい合うようにして浩を立たせている。すでに身体はグズグズで、浅海の首に巻き付けた腕で辛うじて体重を支えている状態だ。

ボタンを半分だけ外し、着崩れたシャツを羽織ったままの浩が浅海に跨《また が》っている。開いた足のあいだには浅海の膝が入っているから閉じることができず、浅海の膝の動きに合わせ、大きく開かれていく。

「や……だ、やだ、もぅ……やぁ」

「嫌か？」

両腕で浩の身体を起こしたついでに、シャツの上から撫でてやると、浩がまた抗議の声を上げた。

「もう、はや……く、浅海さ……」

目に涙を溜めて浩が訴えてくる。浅海は聞こえない振りをしたまま、すでに隆起した胸の突起をシャツ越しに弾いた。

「あっ、あぁあん、んん、やあ、あ」

「どうした？　何が嫌なんだ？」

尚も意地悪く聞いてやると、浩が泣きそうな声で「……もっと」と小さくねだってきた。

ご要望にお応えしようと、はしたなく隆起した突起を指先で擦ると、浩がまたいやいやと首を振る。

「や……だ。浅海さ、ん。触って」

「触っている」

「ちが……ぅ、ぁ、ああ」

「違うのか？」

違うと言いながら、浅海の指に乳首を擦りつけ自ら揺れているのが、なんとも艶めかしい。

「どうしてほしい？」

「……あ、ぁ……」

「言ってみろ。ん？」

浩が望むことならなんでもしてやりたい浅海だ。ただし、その可愛い口から言ってほしい。

「直に、さわって」

「シャツが邪魔なのか？」

「……ん、ぅん。だから……浅海さん」

羞恥と快楽で頬を染め、浩が哀願してくる。

「……どこを？」

「や……」

「浩。どこを触ってほしい？」

言うまで辛抱強く待つ。

「ほら、言ってみろ」

「……ち、くび……触って」

恥ずかしがりながらも、欲望に従順な浩は、浅海に可愛がってほしい場所をようやく口にした。

「ここか……？」

半分掛かっていたボタンを外してやり、シャツを開くように掌を滑らせて、浩が欲しがるそこを直に摘《つま》んだ。

「っ……あぁっ、ぁっ、んっ」

親指と人差し指で摘んだそれを、コリコリと動かし、もう片方も同じように可愛がってやる。浩は仰け反りながら浅海の指に押し付けるようにして身体を揺らした。

「気持ちいいのか？」

「ん、ん、……もち、い……あ、舐《な》……めて」

一旦タガが外れてしまえば、あとはなし崩しに乱れていく。浩の最大の美点だ。

「浅海さん……乳首、いつもみたいに……」

「いつもみたいに？」

「チュ、って……ぁ、ああ、ん」

こんな可愛い懇願を拒むわけもない。背中に腕を回し、引き寄せながら自らも首を伸ばし、吸い付いた。浩の要望通り、ちゅ、ちゅ、と音を立て、いやらしく尖っていくそこを可愛がる。

「っんあ、あああぁあんん」

舌先でチロチロと嬲《なぶ》り、大きく口を開けて吸い付き、突起を舐《ねぶ》る。そうしながら背中に回した指で背中をつう、と撫で上げると、浩が一際高い声を上げて仰け反った。

胸を愛撫しながら、ベルトに手を掛け弛めてやる。隙間のできたズボンの中に手を滑らせ、柔らかい尻を撫でてやった。

「……あ、ん」

新しい刺激に浩が期待の籠もった目で浅海を見つめてきた。見つめ合い、キスを交わし、それからまた浩の胸に顔を埋め、唇を這《は》わせた。

留め金を外し、更にファスナーを下ろし、寛げたスラックスを下着ごと引き下ろす。浅海の膝によって無理矢理広げられ、太腿にスラックスを引っ掛けたままの姿が晒《さら》される。すでに完全な形を成した浩の欲望は、濡《ぬ》れていた。

指先でつ、と撫で上げてやると、ヒクンとそれが撥《は》ね、同時に浩も声を上げる。掌全体で包み上下させながら、胸への愛撫を繰り返し、もう片方の手で尻を撫で回していた。

クチュクチュという水音が浅海の掌から聞こえてくる。半分スラックスを脱ぎかけ、はしたなく広げられた足のあいだで、浩の腰が艶めかしく揺れる。

「ああ、ぁあ、ああ、ああ……」

すでに快楽の虜になっている浩は、自分がどんな姿を晒しているのか、もはや思考の外だ。普段の生意気な様子など微塵《みじん》もない、その淫猥な姿に浅海も煽《あお》られていった。

先端から溢《あふ》れ出すいやらしい粘液で濡らした指を後ろに宛がう。

「ひぁっ、あああああぁんっ」

中指を根本まで一気に押し込み、浩の一番喜ぶ場所を擦りながら、前も同時に動かすと、絶叫するような声を上げた浩の目からパタパタと涙が零れ落ちた。

「……いいのか？」

「……いぃ、いい、あぁあ、あぁぁあっ」

いっそう腰を振り立てて、浩が快楽を貪る。なんて可愛らしいんだろう。

「浅海……さん、あぁ……あ、さみ、さぁっ……あん」

首を振り、涙を滴らせながら浩が浅海を呼ぶ。

「どうした？」

はあはあと息を継ぎながら、涙でいっぱいの目で浩が見つめてきた。

「……ほし……ぃ、もっと、欲し……」

何がと聞くまでもない浩のおねだりだ。身体を揺らしながら、浩の手が伸びてきて、浅海のスラックスに掛かってきた。

「こ……れ、これ、欲しぃ」

浩のしたいように、大人しくされるままにする。スラックスを引き下ろし、今度は浩が浅海の足のあいだに入ってきて、跪《ひざまず》いた。

「……浩」

跪いた浩は、取り出した浅海の欲望を両手で掴み、一旦上を向いてうっすらと笑った。あどけない顔をしながら、あーん、と大きく口を開き、それを咥《くわ》えてくる。

サクランボのようなふっくらとした唇が、浅海を包んでいる。チュ、プ、と水音を立て、枝を結べる器用な舌で、先端を巻き込みながら頬張っている。

「……ぁあ」

漏れ出る声を抑えられず、浅海は目を閉じ、上を向いた。

柔らかく吸い付かれ、中では舌が蠢《うごめ》いている。カリの括《くび》れにそれが巻き付き、上下される動きにすぐにでも持っていかれそうだ。

「浩……」

はぐらかすように浩の名前を呼び、サラサラの髪を撫でながら、そっとそれを引く。浅海に引き剝《は》がされる格好で顔を上げた浩は、潤んだ瞳のまま、柔らかく笑い、浅海の見ている前で大きく舌を差し出した。舌の先端が浅海の形に沿って下りていき、ほんの少し首を傾《かし》げ、横から吸い付いた。

吸い付きながら柔らかい舌でチロチロと舐められ、また茎を上がってくる。何度か往復した唇が、今度は大きく開かれ、もう一度浅海を呑《の》み込んでいった。

……もう保たない。

ギリギリ限界の状態を、なんとか持ちこたえようと喉を詰めてやり過ごす。

「浩」

もう一度名前を呼び、軽く髪を引く。あっけなく離れた唇が名残惜しかったが、今度は自分がその唇から声を引き出したい。

腕を取り、細い身体をひっくり返す。

「あっ」

「そのまま。腰を落として」

浩の腰に手を当て、自分の欲望に宛がった。

「無理……こんなの……無理」

「大丈夫だから。……ほら、ゆっくり……そう」

浅海の声に、浩が素直に腰を落としてきた。誘導しながら浩が下りてくるのを助けてやる。

「ん……ぁ、ん……ん」

先端を埋め込み、静かに下りてくる。途中、慣らすように腰を持ち上げ、幾度か出し入れを繰り返し、浩が息を吐くのに合わせて更に深くまで腰を沈ませた。白い桃尻が浅海の欲望を呑み込んでいく。いやらしく可愛らしいその光景を目にして、腰を摑んでいた腕に力が籠もった。

やがて出し入れする動きが大きくなり、深く腰を落とした浩の中に、浅海の全てが収まった。

「ほら、全部入った。動けるか？」

「んん、ん……ぁ」

浅海に背中を向けたまま、不自由そうに動いている腰から手を離し、次には膝下に潜り込ませ、開かせるような格好で抱き上げた。

「やぁあああ、やぁあ……っ」

突然持ち上げられ、あられもない格好にされた浩が叫び声を上げた。浅海の腕に抱え上げられ、大きく膝を開いたまま、浩が揺らされている。腕を上下させると、浩の身体が浮き、沈ませると共に下から突き上げる。

「っ……あっ、ひ……ぁあ、ああ、ああ、ああ、あっ、あっ、あーーー」

溢れ出した新たな涙と共に、浩が声を放つ。

「は、ぁああ、ああ、ああ」

動く度に浩が声を上げ、浅海に揺らされながらどうしようもなく翻弄されている。触れていない浩の中心はしとどに濡れ、尻を伝って浅海の肌にも滴ってくる。

「浩……ひろ……」

肌の重なる音と、浩の悲鳴と、浅海の息使いが部屋中に響いていた。

「ああ、ああ、もぅ……だめ、だめ」

「イクのか？」

「イ……クっ、ぅ、イク、ィク……」

摑んでいた膝をもう一度引き上げ、グリグリと回しながら、浩を追い上げていった。

「あ、あ、あ、あーー、ああ、あああーーっ」

絶叫に近い声が上がり、白濁が飛び散った。ガクガクと揺れながら絶頂を迎えた浩の中が、射精と共に収縮する。複雑な動きをしながら絡みつかれて、浅海も追い上げられていった。

喉を鳴らしながら仰け反っている首筋に嚙みつき、激しく突き上げる。強く摑んでいた浩の膝には、浅海の指の痕がくっきりと刻まれていた。

何度目かの出し入れのあと、一気に奥まで突き入れて、とうとう浅海も極みへと到達する。大きく息を吐きながら、浩の中へと放ち、そのまま止まった。

「……ああ」

放埒《ほうらつ》の余韻を楽しみながら、抱きかかえた身体を撫で回す。完全に脱力した浩は、浅海の胸に背中を預け、ゆっくりと揺らされていた。

「浩」

余韻が去り、くしゃくしゃになってしまった頭を撫でながら名前を呼ぶが、浩はまだ惚《ほう》けたように小さく口を開け、浅い呼吸を繰り返している。

ちょっと激しく扱い過ぎたかと心配になり、もう一度「浩？」と呼ぶと、浩が突然怒り出した。

「あんたなんてことしてくれてんだよっ」

いきなり叱られて、茫然《ぼうぜん》としてしまう。なんてこともなにも、浩の望むままにしたつもりなのだが。

「ラグがまた汚れちゃったじゃないか！」

どうやらまたここで事に及んでしまい、気に入っていたラグを自ら汚してしまったことに落胆しているらしい。

「後始末なら任せろ。ちゃんと綺麗になるぞ。それとも新しいのを買おうか？」

「そういうことじゃなくっ」

機嫌を損ねた浩は浅海の提案にも耳を貸してくれない。

「なんでいっつもこうなるんだよ」

それはおまえがベッドは嫌だと言ったからだろうと思ったが、どうせそれを言ったところで浅海が悪者にされるのは分かっていたから黙っていた。

「だいたいちょっと休憩だって言っといて、よりいっそう疲れさせてどうすんだよ。まだ仕上げが残ってるのに」

「悪かった」

「悪いと思ってないだろ」

「思ってる」

「どうせおまえが誘ったくせにとか思ってんだろ」

「思ってない」

通常モードに切り替わってしまった浩を宥《なだ》めながら、今度はどんなに誘われても、ちゃんとベッドに連れていこうと、浅海は心に誓ったのだった。

あとがき

こんにちは。もしくははじめまして。野原滋です。この度は拙作「狂犬は一途に恋をする」をお手に取っていただき、誠にありがとうございます。

スーパー攻め様を書こうと思ったんです。というか、いつもスーパー攻め様を書いているつもりなんです。私の中でスーパー攻め様とは、何でもできる！　みたいなイメージで、何でもできるが故にどうしても口うるさくなってしまいまして、じゃあどうしたら口うるさくないスーパー攻め様が書けるかなと考えまして、それなら受けを口うるさくしてみたらどうだろうと。そんな感じでスーパーネガティブ浩が生まれました。結局受けが別の意味でスーパーな感じになってしまいました。

いっそ清々しいほどの後ろ向き思考の浩を書くのがとても楽しかったです。そんな浩を溺愛してメロメロになってしまった狂犬も同じく、とっても楽しかったです。読んでくださった読者さまにも楽しんでいただけたなら嬉しいです。

担当さんとの打ち合わせで、浩を愛するあまりに暴走しまくっている浅海の、もうちょっと格好いい狂犬発動のシーンが読みたいという要望がありまして、プールに連れていってみたり、大女優のパーティに連れていってみたりしました。格好いいところを見せようとして、プールで凄まじい勢いのバタフライでザバザバ泳ぐ浅海はどうでしょうというアイデアは、いやそれギャグだからということで却下。そこで「ケンちゃん」という仇役を登場させてみました。浩のトラウマの元、乾の下の名前もケンちゃんです。仇役は全部ケンちゃんで纏めてみました。やるときにはきっちりやる男、浅海の活躍振りに読者さまが格好いいと感じてくださったら幸いです。

イラストを担当してくださった三池ろむこ先生には、二人をとても素敵に描いてくださって、感謝です。浅海はイメージドンピシャで、なにより浩のキャラが可愛くて、執筆をしながら何度も眺めてはニヤニヤいたしました。

担当さまにも毎度毎度、後からグジャグジャと決定事項を覆すようなことを言って混乱させてしまい、申し訳ありませんでした。タイトルのほうも相変わらずとんでもないものを提出したりして。タイトルセンスを磨く努力をしたいと思います。

それから、こちらを手に取ってくださり、最後までお付き合いくださった読者さま、ありがとうございました。もしよろしければ感想などをお聞かせくださったら嬉しいです。

これからも楽しいお話を提供できたらなと思っています。また次の機会にもお会いできますことを、心より願っております。

野原滋

✦初出　狂犬は一途に恋をする……………書き下ろし
狂犬は健気に愛を乞う……………書き下ろし

野原滋先生、三池ろむこ先生へのお便り、本作品に関するご意見、ご感想などは
〒151-0051 東京都渋谷区千駄ヶ谷 4-9-7
幻冬舎コミックス　ルチル文庫「狂犬は一途に恋をする」係まで。

幻冬舎ルチル文庫

狂犬は一途に恋をする

2013年9月20日　第1刷発行

✦著者　野原 滋　のはら しげる

✦発行人　伊藤嘉彦

✦発行元　株式会社 幻冬舎コミックス
〒151-0051 東京都渋谷区千駄ヶ谷 4-9-7
電話 03(5411)6431［編集］

✦発売元　株式会社 幻冬舎
〒151-0051 東京都渋谷区千駄ヶ谷 4-9-7
電話 03(5411)6222［営業］
振替 00120-8-767643

✦印刷・製本所　中央精版印刷株式会社

✦検印廃止

ISBN978-4-344-82934-3　C0193　Printed in Japan